ROSALIE FIRHOLZ

Rosalie
Un bouquet de souvenirs

***

LA NUÉE BLEUE

À tous ceux à qui je peux donner
ce qu'il y a de meilleur en moi.
Rosalie

L'auteur remercie Martine Kahn
pour son accompagnement souriant.

ISBN 978-2-7165-0717-2

AVANT-PROPOS

Je vous embrasse tous...

Ce nouveau livre, le troisième, sans doute le dernier – rédigé à quatre-vingts ans avec la passion fébrile de celle qui sent l'approche de sa fin de vie – je l'ai voulu fort de toutes les rencontres que j'ai pu faire au cours de ma longue existence, empreint de moments intensément vécus, ces instantanés, fugitifs et exaltants, qui m'ont marquée à jamais, labouré du profond sillon de ma mémoire, reliant intimement présent et passé. Ultime message d'amour et d'espoir au monde des hommes avant que ne se déploient les ailes de cet oiseau qui m'emportera vers d'autres cieux.

Me voici arrivée au terme d'une carrière littéraire commencée sur le tard. A soixante-dix-sept ans, alors que j'avais perdu deux êtres chers et qu'une terrible solitude s'était appesantie sur moi, j'ai pressenti que l'écriture allait me permettre d'accomplir mon travail de deuil, mais aussi de transmettre aux générations à venir les souvenirs de mon passé et le fruit de ma longue expérience de la vie. J'ai alors entrepris d'écrire un premier livre, Une enfance à la ferme, *où j'ai évoqué les traditions paysannes d'Alsace-Lorraine du début du XXe siècle et rendu hommage à tous ceux qui m'ont permis d'être celle que je suis aujourd'hui : mes très chers parents, grands-parents, oncles et tantes. Dans un deuxième ouvrage,* Un amour pour la vie, *j'ai raconté ma vie de femme de cheminot dans les années difficiles d'après-guerre. J'ai eu le bonheur de constater que ces ouvrages ont été plébiscités aussi bien par des personnes de mon âge que par des adolescents, comme en témoigne le flot de courrier venu de France, mais aussi de contrées parfois lointaines.*

Mes contemporains y ont retrouvé avec grand plaisir le reflet de leurs tendres années ; quant aux plus jeunes, ils m'ont affirmé avoir été stupéfaits par l'évocation de la vie rude, mais pourtant gratifiante de leurs ancêtres : « Je n'ai que trente-huit ans, écrit Christelle, et pourtant, en vous lisant, moi dont les grands-parents sont originaires d'une ferme du Haut-Rhin, j'ai cru à nouveau les entendre parler de leur vie, de cette vie si dure et cependant si pleine de moments de bonheur que nous ne savons plus apprécier aujourd'hui. »

C'est aussi pour moi un grand bonheur d'avoir pu partager tant d'émotion : « A lire votre enfance, me confie une lectrice, on rit et on pleure, on vit votre vie si dure, mais si merveilleusement acceptée avec courage, enthousiasme, gentillesse innée, humour. » Impression partagée par Claire, qui m'adresse ces quelques lignes si touchantes : « J'admire aussi la sérénité, vraie grandeur d'âme, qui vous fait dépasser toute amertume, rendre hommage à vos parents et écrire : "N'étais-je pas heureuse ?" après avoir rapporté la série de blessures physiques et morales que vous avez connues, souvent subies. » Odile, que la vie n'a pas épargnée (elle vit dans un fauteuil roulant et connaît le handicap de la surdité), constate avec lucidité : « Je vous dois un grand merci car votre livre a déclenché en moi un vrai déclic. J'y ai découvert une petite sœur d'infortune. » Et comment ne pas être sensible à ce très beau compliment de Vincent : « Vos phrases sont si belles et votre regard si juste qu'on a l'impression d'être à vos côtés et de vous entendre parler. Même les odeurs arrivent jusqu'à nos narines ! »

Tous ces lecteurs, j'ai pu les découvrir dans les salons du livre de toutes les grandes villes, mais aussi des cités plus modestes en Lorraine et en Alsace. J'ai eu l'occasion de côtoyer, aussi, bon nombre de célébrités du monde politique, médiatique et artistique. J'ai eu l'honneur de dédicacer mes écrits à deux anciens Premiers Ministres de la République : Pierre Messmer et Edith Cresson. C'est au cours de la dédicace de mon deuxième ouvrage, Un amour pour la vie, *que j'ai vécu une aventure des plus émouvantes. Un couple rayonnant de bonheur, juste sorti de la mairie où il venait de se dire oui pour la vie, sollicitait avec insistance ma signature. Un vieux monsieur de quatre-vingt-six ans, tout courbé, vêtu d'un costume gris souris, une rose rouge à la boutonnière, poussait sa jeune épouse de quatre-vingt-neuf printemps immobilisée dans un fauteuil roulant. Cette dernière, corsetée dans un petit tailleur rose, un bouquet de lys blancs sur les genoux, me montra, les yeux brillants d'extase, l'alliance qu'elle attendait depuis soixante-huit ans. C'était un dimanche après-midi de 1938 que Georgette avait appris le tango à André dans une guinguette des bords de l'Ill. Malheureusement, le destin les avait empêchés de se revoir avant qu'ils aient eu le temps de se déclarer leur flamme. J'étais tellement émue que des larmes coulèrent de mes yeux, rendant la dédicace illisible, lorsque le nouveau marié se pencha vers moi et me glissa à l'oreille :* « Keine Liebe brennt so heiss als die, von der niemand was weiss. » *(Aucun amour ne brûle aussi fort que celui que tout le monde ignore). Ce qui était leur cas.*

J'ai également connu la satisfaction d'être sollicitée par les médias. Quelle découverte pour la vieille dame que je suis que celle de l'atmosphère si particulière des studios de télévision ! J'ai lu avec beaucoup d'amusement dans les revues littéraires et dans la presse régionale que l'on m'avait surnommée « la mamie la plus célèbre d'Alsace-Lorraine ». J'ai même été accueillie à l'Académie des Arts et Lettres de Metz et j'y ai reçu, sous les applaudissements d'une salle comble, un grand prix littéraire.

Quelle reconnaissance pour la vieille dame qui s'aventure à écrire pour la première fois de sa vie au soir de ses jours ! Ce second souffle, cette fantastique aventure, ce bonheur indicible, c'est à vous, mes chers lecteurs, que je le dois. Sans vous, rien n'aurait été possible. Permettez-moi donc de vous offrir ce troisième livre en hommage à votre fidélité et à votre affection, en gage de ma gratitude et de mon amour.

Je vous embrasse tous très affectueusement.

Rosalie

Rencontres

Instantanés

Dès la belle saison, lorsque de la plaine couverte de fleurs se répand à l'entour un parfum enivrant et qu'une aube douce et pâle sonne l'éveil de la nature, je me sens irrésistiblement attirée par la proche forêt. J'aime y errer sans but précis.

Ce jour-là, à mon retour en plein centre-ville, je m'offre un moment de délassement en prenant place sur un banc qui me tend amicalement les bras. Cela me donne l'occasion de regarder dans le miroir de l'âme des visages matinaux, tristes ou gais, qui défilent sous mes yeux.

Il y a d'abord les visages exténués des soignants qui reviennent d'un pas las après une nuit d'hôpital. Les visages noirs, longs et tristes de balayeurs en train de ramasser sans se plaindre tous les soucis et tous les bonheurs des autres. Le visage désolé de ce policier venu chasser l'exclu, allongé dans un recoin, roulé dans une couverture, avec, à ses côtés, une bouteille vide qui tente de lui faire oublier sa vie ratée. Le visage pudique, cachant aux autres son malheur, d'une maman abandonnée qui distribue en hâte les nouvelles fraîches avant d'emmener ses enfants à l'école. Le visage bouleversant de ce petit vieux, des pattes en étoiles de chaque côté des yeux, qui trottine à petits pas au crépuscule de ses jours et cherche désespérément un brin de tendresse, un soupçon d'amour.

Quel extraordinaire contraste avec tous ces visages ouverts, sereins, prêts à offrir leur sourire à tous les affligés de la vie ! Les visages illuminés de bonheur de ces jeunes gens après avoir goûté aux joies de l'amour. Le visage enjoué, une lueur malicieuse dans le regard, de « l'innocent bohème » qui fait partie du décor de la ville. Avec les chansons tendres qui lui coulent des lèvres, il s'imagine réveiller les oiseaux qui sommeillent en nos cœurs. Le visage frais comme une perle de rosée d'une divine beauté à la démarche altière, rayonnante de certitudes et d'espérances.

Peu après, je regagne mon logis, en proie à divers sentiments. Reconnaissance et tendresse pour tous ces visages entrevus. Bonheur d'avoir pu, un instant, plonger au cœur de tant de vies. Regret de ne pouvoir prolonger indéfiniment des moments aussi magiques...

Le petit vieux

Des reflets de soleil tombaient sur les vitres de ma fenêtre. C'est de là que, remplie d'attendrissement, j'observais un petit vieux. Il venait de s'asseoir péniblement sur un banc près d'un jet d'eau rafraîchissante à l'ombre de deux grands sapins. Cela lui permettait de regarder passer les gens, mais personne ne baissait la tête pour saluer l'inconnu.

Ces sourcils froncés avec infiniment de crispation, ce regard vide, mort, cette prostration silencieuse... Je compris vite que ce vieillard n'était plus capable de sortir de sa solitude. Les lèvres jointes, il ravalait ses mots et rejetait quelques crachats de salive sur le sable de l'allée bien ratissée. De temps à autre, l'air affligé, il dressait sa béquille vers le ciel et tentait de retrouver ses souvenirs d'antan qui avaient disparu dans l'infini de l'espace. Mais ils ne pouvaient plus rien pour lui...

C'est alors que je reconnus en cette loque pitoyable celui qu'autrefois, dans notre ville, on surnommait avec déférence « le don Juan ». J'ai encore le souvenir de son passage devant notre entrée lorsqu'au petit matin il venait reprendre sa Mercedes stationnée à proximité. Avec une désinvolture sans bornes, « le prince de notre cité » nous gratifiait de l'âcre parfum des volutes de fumée de gros cigares qu'il consommait assis sur les escaliers avant de repartir. Je ramassais ce pourboire pendant des années sans jamais oser lui faire la moindre remarque.

Cet homme imposant, au maintien majestueux, toujours vêtu avec élégance, aux mains bien soignées, aux doigts couverts de bagues d'or serties de saphirs, avait goûté sans mesure au miel du plaisir et croqué à pleines dents les fruits défendus. Ce dandy si attirant, à la belle chevelure bouclée d'un noir de jais, aux dents enrobées d'or qui brillaient comme le soleil lorsqu'il vous adressait un sourire irrésistible, n'était plus à présent qu'un lambeau d'humanité. De longues vibrisses sortaient de son nez difforme, accusant son passé. Elles essayaient vainement de retenir la morve qui dégoulinait sur sa barbe grise et y laissaient des traces visqueuses, semblables à celles d'une limace après son passage sur une feuille de rosier.

Au bout d'un moment, il se leva lentement, portant son ombre dans son dos. Il emmenait avec lui, niché au cœur des blessures cruelles qu'avait infligées le temps à son corps naguère si beau, son mal de vivre, le compagnon de ses derniers jours. Oui, il emmenait avec lui, blotti dans son cœur meurtri, le mal de vivre, le compagnon de sa dernière errance, avant de se fondre à jamais dans le monde de l'Éternel invisible.

L'amour des fleurs

En ce beau matin d'avril, Flora, mon amie horticultrice, brûle de me faire partager sa passion pour les fleurs. D'une voix enthousiaste, elle s'empresse de me faire observer :

– As-tu remarqué que la Nature, cette merveille, célèbre son renouveau en criblant l'hiver vieillissant d'une mitraille de fleurs ?

Vois la violette qui se pare d'un discret parfum et ouvre lentement ses paupières, trois pétales dirigés vers le haut, trois autres vers le bas en égale gratitude pour le Ciel et la Terre.

Regarde, regarde le printemps qui se réveille dans les bras de ravissantes tulipes, à la robe en forme de corolle. Elles étalent leur parure diaprée sur un vert tapis et resplendissent d'une irrésistible poésie.

Admire, oh ! oui, admire l'innocente marguerite des prés au cœur doré, dont le blanc diadème est perpétuellement caressé par les « Je t'aime, un peu, beaucoup, passionnément, à la folie... » qui te rappelle les sourires et les jeux de ton enfance.

Écoute, écoute la tendre romance du lilas blanc, la fleur fétiche des amoureux. Il la chuchote à l'oreille de l'élégant iris qui porte fièrement son écharpe arc-en-ciel sur ses pétales étrangement enroulés. Ils entraînent dans leur joie une coquette capucine embaumant l'air de son parfum poivré.

Contemple, contemple la beauté des rivières bleues de lavandes sillonnant la campagne et y répandant une divine odeur qui trouvera son ultime refuge dans de massives et antiques armoires.

Prends délicatement dans ta main un pétale de cette rose rouge, symbole de l'amour. Et, dans un doux murmure que seul le soleil du matin peut entendre, adresse-lui ces mots d'amour : « Oh ! Rose sublime, auguste beauté, jusqu'à mon dernier souffle et pour mon dernier adieu, je voudrais encore te caresser et humer ton parfum, moi, Rose, qui ai l'honneur de porter ton nom. »

Et qu'à jamais, conclut mon amie l'horticultrice, l'image de ces fleurs du bonheur demeure dans ton cœur !

Un félin agressif

Cela faisait quelque temps qu'un chat sauvage rôdait autour de ma maison. Je ne prêtais guère attention à ce félin noir, de blanc tigré, maigriot.

Mais, un beau matin, alors que j'étais sortie pour arroser mes plantes, je fus surprise par l'agressivité de son attitude. Les pupilles dilatées, le poil hérissé et le dos arqué, il feulait de colère à mon approche. Subitement, il se jeta sur moi, toutes griffes dehors. Effrayée par cette attaque inattendue, j'essayais par tous les moyens de me débarrasser de cette véritable furie. En vain. Elle me jeta un dernier regard chargé d'hostilité, puis se glissa à l'intérieur de ma maison et disparut aussitôt de ma vue. J'eus beau fouiller de la cave au grenier, l'animal demeura introuvable. L'effroyable vision de ce félin endiablé me hanta toute la nuit.

Le lendemain, oh ! surprise, je découvris le coquin qui me narguait du haut d'un lilas où il avait trouvé refuge. Les oreilles aplaties, le regard fixe, il me menaçait, poussant des sifflements de plus en plus furieux. Puis, d'un bond de cerf, il sauta dans ma chambre par une fenêtre entrouverte. Ce n'était pas fini. Avec une ingéniosité extraordinaire, le diablotin bondit à deux pattes sur la poignée d'une porte donnant sur le couloir, puis il fila aussi rapide que l'éclair et resta invisible de toute la journée.

Quelques jours après, une énorme surprise m'attendait. Sortis d'un endroit mystérieux, d'adorables chatons, au regard effarouché, poussant de timides miaulements, firent leur apparition. Mon coquin était une coquine qu'un puissant instinct maternel avait poussée à franchir les obstacles les plus insurmontables pour pouvoir donner la vie. Je fondis à la vue de ces frimousses candides et pardonnai volontiers à l'insaisissable féline qui me permettait de vivre un tel moment de grâce.

Le salon de coiffure

Un jour que j'étais arrivée chez ma coiffeuse sans penser à prendre rendez-vous et que j'attendais patiemment mon tour, j'eus l'occasion de réaliser à quel point, dans ce lieu, les langues se déliaient, les secrets (petits et grands) se dévoilaient, les caractères s'affichaient. C'est ainsi que je découvris l'univers – à la fois triste et désopilant – de la petitesse et de la mesquinerie.

Lovée dans un fauteuil, en face de moi, une vipère à la langue aussi piquante que les épingles qui retenaient les rouleaux dans ses cheveux déversait son venin avec délectation :

– Mon Dieu ! Savez-vous la meilleure ? Cette nuit, ma chatte a fait des petits, et ma voisine aussi. Des triplés ! Oui, je ne vous mens pas ! Des triplés ! Mais comment va-t-elle faire pour les élever ? Elle n'est même pas mariée...

Continuant sur sa lancée, elle répandait son fiel sur toutes ses connaissances et la vitesse de son débit vous donnait le tournis.

Cette charmante dame une fois sous le casque, ce fut à la pleurnicheuse de service de prendre le relais. Sans la moindre pudeur, elle étala le cortège de ses maladies, dénigra mari et enfants qui ne lui accordaient que leur ingratitude, déplora le manque de savoir-faire de son aide ménagère.

L'arbitre des élégances lui succéda, critiquant les toilettes de dames bien en vue, dispensant maints conseils avisés à des interlocutrices ébahies ; elle vantait ingénument le chic de sa petite robe Chanel, l'allure folle de ses escarpins Saint-Laurent.

Puis ce fut le tour de la jeune prétentieuse de se distinguer. Oh ! Comme elle se sentait belle ! Elle se mirait amoureusement dans la glace, passait ses doigts dans ses cheveux et ne cessait de tripoter ses bijoux sertis de diamants. La patronne, un puits de patience, se pliait avec diplomatie à toutes les exigences de cette cliente difficile. Elle lui proposa plusieurs coupes et lui présenta tout l'échantillon des colorations. Au bout d'un quart d'heure, la princesse avait enfin choisi une coiffure et une teinte de cheveux. Mais, très vite, elle se ravisa et, d'un ton pincé, elle décida :

– Finalement, après réflexion, je garde la même couleur, mais avec deux mèches blondes de chaque côté de la raie.

« Pourvu que le pourboire soit en conséquence ! » pensé-je.

Cette longue attente fut pour moi des plus salutaires, car elle m'avait permis d'assister au spectacle pitoyable de la futilité et de la niaiserie. C'est à la fois amusée et indignée que je pris mon tour et offris ma chevelure aux ciseaux et aux peignes.

Bacchus et Cabus

En visite à Strasbourg, je me promenais dans le merveilleux parc de l'Orangerie. Le temps était doux et agréable, les promeneurs fort nombreux... Je remarquai soudain deux Américains d'un certain âge en arrêt devant la statue de notre Gänseliesel (gardeuse d'oies) portant la célèbre coiffe alsacienne et tenant au bras un panier. Ils admiraient beaucoup le monument, mais n'en comprenaient pas la signification. Je m'empressai de leur fournir quelques explications.

Ces deux vétérans de la Deuxième Guerre mondiale venaient ici accomplir leur vœu le plus cher : revoir l'Alsace, à la libération de laquelle ils avaient participé, mais aussi et surtout manger une vraie choucroute.

Manger une choucroute, manger une choucroute, *my dears*, mais c'est faire une injure aux Alsaciens ! Une choucroute ne se mange pas, elle se goûte, elle se déguste, elle se savoure, elle vous excite les papilles, elle vous ravit le palais, elle vous fait rêver d'avoir le long cou d'une girafe pour faire durer le bonheur de son accompagnement d'un blanc d'Alsace fruité qui enchante votre gosier. Une vraie choucroute, cela vous procure un moment de bonheur inoubliable !

Emportée par l'enthousiasme, je ne pouvais m'arrêter de leur vanter les charmes de notre belle Alsace. Je leur conseillais de pénétrer dans les pâtisseries strasbourgeoises et d'y faire provision de tendres kougelhopfs, de succulentes tartes à la quetsche. Je les poussais à parcourir la Route des vins, qui vous chante la gloire du dieu Bacchus et de découvrir pour leur plus grand plaisir muscat, pinot, tokay et autres gewurztraminer. Je les incitais à admirer les champs de choux qui s'étendent à perte de vue, ces rois Cabus qui rendent leurs armes, tous les ans, en octobre, pour satisfaire votre gourmandise...

A mesure que je parlais à ces deux vétérans, je remarquais leur ravissement. L'un d'eux s'écria soudain, en me lançant un regard malicieux :

– *Oh ! Yes, dear lady, of course, we know that Alsace is* bêêêlle*, and the Alsatian girls are very* bêêêlle *too ! And you are a charming grand-mother !* (« Oh ! Oui, chère madame, nous savons que l'Alsace est belle ; les Alsaciennes sont aussi très belles. Et vous êtes une charmante grand-mère ! »)

Heureux d'avoir enfin pu accomplir leur émouvant pèlerinage, ils me quittèrent avec une poignée de main amicale et un chaleureux *« Thank you very much »*.

Quant à moi, je ne pus m'empêcher de fredonner tout bas la louange à cette province qui a tant de charme : « Que notre Alsace est belle, avec ses frais vallons... »

Un lourd secret

Dernièrement, je poussais la porte d'une dame d'âge respectable qui porte le nom de Rosalie M., mon homonyme. Grande, élancée, coupe de cheveux carrée, deux barrettes retenant ses cheveux gris bleuté, elle était habillée de jacquard à dominante mauve ; ses vêtements bien coupés coulent sur son corps amaigri, ses mocassins marron clair, mariés aux bas de laine à grisotte.

Je restais muette de trouver une femme de son âge encore belle, avec un beau sourire nimbé de tristesse. Une multitude de rides et de ridules plissaient son visage avenant, ses mouvements étaient pleins de douceur et de lenteur.

– S'il vous plaît, Madame, asseyez-vous à mes côtés, et grand merci d'avoir accepté mon invitation. Depuis la lecture de vos deux livres, je vous attendais avec impatience, certaine de trouver en vous la personne à laquelle je veux dévoiler mon lourd secret.

De suite elle commença à me narrer son destin. Et le patois alsacien se prête mieux que la langue de Voltaire au chapelet des regrets qu'elle égrenait en une évocation ponctuée de mélancoliques soupirs. Ses grands yeux enfoncés dans les orbites viraient du bleu-gris au bleu pur, selon les sentiments que lui inspirait son récit douloureux.

Élevée dans un village d'Alsace mi-catholique, mi-protestant, un vrai nid à préjugés où la cancanerie avait force de loi, Rosalie avait été une belle fleur de dix-huit printemps, grisée par les « Je t'aime » et les baisers langoureux d'un jeune officier « de l'intérieur », pendant la guerre de 1939-1945, qui campait dans leur ferme.

Et le verbe se fit à peine audible, entrecoupé de silences, lorsque à sa mémoire affleurait ce beau jeune homme qui l'avait subjuguée par son essence, sa culture et son intelligence, fière qu'elle était de capter l'attention d'un esprit aussi brillant.

Avant de repartir au front, il lui offrit le plus beau souvenir qu'un amoureux puisse offrir à sa promise, au cas où... Sa seule tare : il était juif. Le drame des religions dans ces temps-là. Et le petit cœur de chair qui battit bientôt dans son ventre fut vite rejeté par le cœur de pierre de ses parents, gros fermiers et fervents chrétiens. Ce « bâtard juif », ce « yiddish de l'intérieur » n'avait pas de place dans sa famille antisémite.

Le déshonneur n'a pas d'ami et, pas de pitié pour les estropiés de l'âme. Cette glaciation des sentiments était pour la fille-mère une fêlure vulnérable, et difficile à briser la honte qu'elle représentait pour les braves gens du village.

Discrètement, je suis repartie sur la pointe des pieds ; persuadée que son cœur brisé ne trouvait plus la force, ni le courage, de me divulguer la suite de ce lourd secret que j'avais deviné. Combien cela a pu être difficile dans ces temps-là, pour les filles-mères obligées de se séparer du fruit de leur chair et de leur sang à cause de la religion !

Une rencontre avec la jeunesse

Un dimanche soir de décembre, la nuit est déjà tombée et, sur les quais faiblement éclairés de cette grande gare de l'Est, on peut encore distinguer quelques résidus de la neige de l'après-midi. Le pas lourd, l'esprit agité par mille tracas, je cherche une place dans le train qui doit me ramener chez moi. Par chance, je découvre un wagon vide et m'y installe aussitôt avec armes et bagages. Après trois journées harassantes de bruit et d'agitation au Salon du livre, j'aspire au plus profond du calme et de la sérénité. Assise sur une banquette, le regard rivé sur un coin de ciel qui pousse ses nuages entre une forêt d'antennes de télévision, je laisse mes pensées divaguer et cherche à oublier la folle frénésie des jours précédents.

Mais pourquoi donc toute une bande de lycéens choisit-elle ce moment pour venir s'installer dans mon compartiment ? Ils crient, s'interpellent, chahutent à qui mieux mieux, observant avec une condescendance amusée la vieille dame qui les dévisage, assise sagement dans son coin. Comme je les envie, comme je voudrais être à leur place, moi, la mamie aux quatre-vingts printemps ! Comme la vie doit être belle quand on a la jeunesse et de l'énergie à revendre, quand on ne porte pas le fardeau des soucis et qu'on ne subit pas les assauts de la fatigue ! Toute cette richesse qui jaillit de ces regards lumineux a vite raison de mon épuisement et bientôt je me joins à leurs parties de fous rires. Le temps passe agréablement. Je me sens bien au milieu de ces jeunes qui ne demandent qu'à profiter de la vie.

Nous arrivons enfin à Strasbourg. Quelle chance ! Un changement de voie s'avérant nécessaire pour prendre ma correspondance, toute la bande m'accompagne dans un joyeux brouhaha et on me porte mes bagages jusqu'à mon nouveau train. Un de ces jeunes, au visage criblé de taches de rousseur, m'ouvre la portière et m'aide à m'installer le plus confortablement possible. Puis, la voix émue, les yeux embués, il m'adresse cette touchante prière :

– S'il vous plaît, madame, permettez-moi de vous embrasser en souvenir de mes deux grands-mères que je n'ai pas eu la chance de connaître.

Cette rencontre avec des jeunes m'a profondément frappée. J'ai pu constater que, derrière leur apparente insouciance, se cachait une réelle générosité et infiniment de gentillesse. J'ai également eu la possibilité de constater à quel point chaque génération peut être utile à l'autre.

Un fin pédagogue

La semaine dernière, le hasard m'a fait rencontrer une bande d'adolescents immigrés. Ils avaient pris place sur un banc du parc municipal de notre ville et discutaient. Autour d'eux, un tapis de papiers gras, d'emballages de chewing-gum, de boîtes de Coca-Cola vides, un véritable capharnaüm !

Arriva un vieux monsieur au visage paisible, appuyé sur sa canne. Il contempla avec stupéfaction le triste spectacle et, soulevant poliment son chapeau, il s'adressa aux jeunes gens :

– Bonjour, mes très chers enfants ! Je voudrais m'excuser auprès de vous. Des gens, bien malintentionnés, sachant que vous avez l'habitude de venir ici, ont eu le mauvais goût de couvrir cet endroit d'immondices. Ils espèrent ainsi qu'on accusera les immigrés de mal se comporter dans notre beau pays qu'est la France. Permettez-moi de mettre un peu d'ordre en ramassant toutes ces ordures...

En moins de temps qu'il n'en faut pour l'écrire, les jeunes gens, émus par les propos pleins de sollicitude du vieillard, se précipitèrent pour nettoyer la pelouse. Jamais on ne la revit dans un pareil état !

Ne faut-il pas tirer un grand coup de chapeau à ce fin pédagogue, qui a su faire preuve de tact et obtenir ce qu'il souhaitait sans le moindre problème ?

Gloria

Dès l'aube, ce pauvre bougre, ce pauvre d'esprit s'installait sur les escaliers de l'église de notre cité et, le regard illuminé et béat, il saluait les passants matinaux d'un *Gloria in excelsis Deo* prononcé avec une cérémonieuse obséquiosité. Aussi avait-il été pompeusement surnommé « Gloria » par les gens de la ville, qui s'étaient habitués à voir ce pauvre hère vaguer dans les rues du matin au soir.

Cet être singulier, ce naïf sublime, avait la particularité d'avoir le pied gauche plus long que le droit, ce qui rendait sa démarche ridicule et pitoyable. Il errait le long des trottoirs, l'air hébété, et provoquait sur son passage rires et quolibets. Pauvre Gloria ! Pauvre être déchu et misérable ! Les voyous de la ville le toisaient avec dédain et, profitant sans vergogne de son innocence, lui demandaient ironiquement si son « oiseau » était de la taille du pied gauche ou du pied droit. Il ne comprenait pas la signification de ces paroles et répondait à ces allusions moqueuses et impudiques par un sourire niais... Pauvre Gloria ! Pauvre simplet !

Le jour de la fête patronale, quelques-uns de ces garnements attirèrent l'innocent dans un bistrot. Les bocks de bière se succédaient les uns aux autres dans un tumulte de paroles et de verres entrechoqués. Bientôt Gloria fut pris d'une envie pressante et courut se soulager. Au moment où il atteignit la pièce borgne qui faisait office de toilettes, le disjoncteur sauta. Dans le noir le plus complet, il posa son « oiseau » à l'endroit qui lui semblait le plus indiqué. C'est alors que la pince d'une souricière se referma sur son viril organe. Pauvre Gloria ! Pauvre benêt en butte à la méchanceté et au mépris ! Tenant de ses deux mains son « petit oiseau » pris au piège, il fit irruption dans le café et, complètement affolé, il bégayait lamentablement :

– Ouriné ! Ouriné...

Le spectacle grotesque et navrant du pauvre Gloria en proie à la panique déclencha dans la salle une tempête de fous rires et d'exclamations sarcastiques. L'histoire fit le tour de la ville et les commentaires allaient bon train. Pour mettre fin à tout ce tapage, Sidonie, la mère de Gloria, préféra rejoindre d'autres cieux et éloigner son rejeton de ce monde de cruauté.

Depuis, la ville est privée de cet être attachant que chacun avait l'habitude de rencontrer au cours de ses promenades. *Sic transit gloria urbis* (« Ainsi passa la gloire de la ville »).

Le soleil du cœur

Les bras chargés de bleuets encore couverts de rosée, je parcourais à pas lents les sentiers de notre petit cimetière. Je déposais religieusement mon offrande sur les tombes muettes et silencieuses de mes chers disparus. Puis, mélancolique et rêveuse, en pensée avec tous ceux qui avaient accompagné mon passé de leur affectueuse attention, je pris place sur un banc du jardin des souvenirs.

Un jeune aveugle, tenant à la main une canne blanche, vint s'asseoir à mes côtés, les paupières closes pleines de larmes, les lèvres tremblantes. Rencontre imprévue pour moi, subite intrusion dans mon univers douillet de la souffrance d'autrui. Passage délicat pour ce non-voyant, difficulté à franchir le fossé de l'invisible et à aborder avec confiance l'inconnu.

La voix chargée d'émotion, le regard fixant un lointain horizon, il se libéra d'un passé cruel et douloureux : ses yeux morts depuis sa plus tendre enfance, la dure expérience d'une vie privée de la clarté du jour, ses difficultés de lecture en braille, et la disparition de sa jeune épouse. Lentement et avec application, il plongeait au cœur de sa douleur comme pour mieux en retirer les moments de bonheur qu'elle n'avait pas pu lui voler.

Il me raconta une pauvre fille atteinte d'une maladie incurable ; il l'avait épousée afin de donner son nom à trois enfants nés de père inconnu. Il voulait surtout lui offrir ce trésor unique qu'une fatalité impitoyable n'avait pu lui arracher : le soleil de son cœur, qui lui permettrait de leur prodiguer tendresse et amour.

Il me raconta les trois diablotins que son épouse (enfant de la DDASS comme lui-même) avait apportés dans sa corbeille de noces. Ils dansaient autour de lui, invisibles mais si présents, si chaleureux, si joyeux qu'ils lui faisaient oublier le voile noir qui le séparait du monde des voyants.

Il me raconta la grâce du dépassement, la beauté du don de soi, le bonheur de pouvoir élever et chérir, en dépit de sa cécité, des enfants pleins de vie. Il me dévoila la générosité de son cœur, la noblesse de ses sentiments, l'étendue de son courage. Et, quand il se leva pour me quitter, digne en dépit du malheur qui l'accablait, je compris que cet être exceptionnel n'avait nul besoin de lumière pour guider ses pas, éclairer ses actes, vivre et s'accomplir. Il était la Lumière.

La rose sans tige

Cathy était clouée depuis son enfance dans un fauteuil roulant. Cette fille à la cruelle destinée, aux yeux remplis d'interrogations, voyait briller au ciel les étoiles, mais ne pouvait distinguer les vers luisants sous l'herbe. Une extrême délicatesse lui interdisait de souffrir pour elle-même, elle souffrait pour son entourage et n'attendait rien d'autre qu'un peu de réconfort et de chaleur compréhensive.

Toujours coquette, elle passait un temps infini à se maquiller et à se coiffer, un immense nécessaire rempli d'ustensiles à ses côtés. Ce long cérémonial lui permettait d'embellir d'artifices et de magnifier la seule partie présentable de son corps : sa tête, qu'elle avait fort belle. Elle recouvrait de poudre un teint très mat, rougissait avec un soin minutieux des lèvres minces et sinueuses, soulignait d'un trait de khôl des yeux noirs globuleux qui, selon les moments, se teintaient de colère, d'amertume, de révolte. Un cou de cygne, un nez aquilin achevaient de donner une allure de princesse orientale à cette déshéritée de la vie.

Elle tirait en un impeccable chignon des cheveux d'un noir de jais, couronne impériale de ce fin visage tourmenté par l'incompréhension de son sort. Une robe en satin noir au col terminé par une fine dentelle dissimulait les blessures de son corps et, ainsi parée, elle gagnait l'entrée de la maison dans un immense fauteuil roulant noir dont elle maniait le guidon avec habileté.

Chaque fois qu'une bande de jeunes de son âge passait devant elle, pleine de vie et de joie, ses yeux s'embuaient du regret de ne pouvoir partager leur exubérance. À la belle saison, je l'observais souvent sous la fraîche chevelure d'un bouquet d'arbres, maniant inlassablement l'aiguille à broder. Elle exerçait avec délicatesse et raffinement le beau métier de brodeuse, le seul adapté à son handicap. Ainsi participait-elle un peu à son entretien car, en ces temps-là, les handicapés restaient à la charge de leur famille. Elle aimait à converser avec les badauds de passage, connus et inconnus. Cela lui permettait d'oublier ses souffrances et de donner un sens à son existence mutilée.

Un jour d'automne, persuadée de s'éteindre à plus ou moins longue échéance, ce frêle roseau, une perle de rosée voilant ses yeux, me fit cette réflexion :

– Vous savez, rien ne vaut une vie, mais une vie, même ébréchée, ne vaut rien si on n'a pas pris le temps d'aller vers les autres et de faire à travers eux les expériences dont la nature vous a cruellement privée.

Peu de temps après, la mort, cette puissance qui ne fait pas de distinction entre les nantis et les écorchés, cueillit cette rose noire privée de tige pour la conduire vers la route des cieux, où nous sommes tous pareils. Sous un ciel de nuages gris qui se serraient de plus en plus pour se protéger du froid, tous pleuraient en silence la petite brodeuse, aux diligentes mains de fée. Son dernier vœu – reposer en une bière grandeur nature – lui fut accordé. Elle put enfin dormir en paix, débarrassée de l'intolérable souffrance de sa différence.

Pourtant, lancinant, obsédant, me revient le souvenir de cette question qu'elle me posait souvent, qu'elle se posait sans cesse : « Pourquoi Dieu m'a-t-il faite ainsi ? » Telle fut la douloureuse interrogation qui domina la vie de cette âme déchirée.

Le marronnier

J'ai douce souvenance de ce jour où, vaguant par les champs, j'aperçus à quelques pas devant moi un adolescent claudiquant dans la brume lumineuse. Coiffé d'un vieux béret effiloché, un foulard noir noué autour du cou, un sac de jute bourré de crayons, de pinceaux et de couleurs pendant à l'épaule, il tenait serré sous son bras un petit tabouret. Sa silhouette menue se détachait sur le fond bleuâtre veiné de gris. Je le suivis discrètement.

Le garçon s'engagea dans un chemin qui menait au moulin et s'arrêta face à un majestueux marronnier séculaire qui avait pris racine à l'arrière d'un calvaire. Silencieuse et immobile, je l'observais. Il déplia minutieusement son tabouret et s'assit avec une calme lenteur. Son sac s'ouvrit et le crayon traça sur le bristol vierge d'élégantes arabesques qu'un pinceau teignit de tons de cuivre, de roux, de bruns dégradés et de toute une gamme de verts. Comme par enchantement, apparut sur la toile un magnifique et gigantesque marronnier. Une infinie beauté se dégageait de ce tableau paisible et serein. Je demeurais là, fascinée et admirative devant tant de talent.

Plus tard, j'eus l'occasion de faire plus ample connaissance avec cet orphelin venu passer ses vacances dans mon village, terre bénie de ses parents trop tôt disparus. Au fil des jours, cet artiste en herbe, plutôt effacé et à l'humour raffiné, devint mon ami. Et, avant de déployer ses ailes vers d'autres cieux plus cléments, il m'offrit la toile éternisant ce marronnier aux coques épineuses d'où s'échappaient des marrons roux brillants, tel l'écho tendre et secret d'une ancienne mélodie.

Le tableau de ce marronnier n'est-il pas le témoin muet, mais vivant, d'un amour qui dure toujours ?

Le tricot inachevé

C'était l'une de mes voisines et je la rencontrais souvent sur mon chemin, joyeusement escortée de ses trois fillettes.

C'était l'une de mes voisines et je la savais malade, rongée par un mal incurable. Elle n'en laissait rien paraître et dissimulait sous un subtil maquillage les marques du cancer qui la minait.

C'était l'une de mes voisines et j'assistais, impuissante et désolée, à sa lente déchéance : le regard de ses grands yeux myosotis se ternissait, sa démarche se faisait hésitante, sa silhouette se fragilisait...

Le spectacle de son martyre me bouleversait. Il hantait mes jours et mes nuits, prenait toute sa place dans la demeure de mes songes. C'est ainsi que je la vis, spectre solitaire éveillé par la souffrance au cours de longues nuits blanches, le cœur écrasé par une avalanche de chagrin. Elle tricotait un long foulard multicolore. Dans ses mains décharnées, de longues aiguilles... Cruelles et implacables, les aiguilles du temps.

Elle tricotait, inlassable, infatigable, et les mailles de son ouvrage se teintaient des couleurs de sa vie. Mailles bleues, fraîcheur et innocence de ses belles années de jeunesse ; mailles rouges, rouge sang de passion pour son amour, rouge sang de passion pour ses enfants ; mailles noires, douleurs de la douleur, sombres et funestes promesses ; mailles roses, reflets tendres et doux de ses bonheurs passés ; mailles vertes, pâles comme l'espoir, prêt à s'envoler. Et encore, et toujours des mailles blanches, comme ses interminables nuits d'angoisse. Mailles de vie, mailles de souvenirs, mailles de tourments, mailles d'éternité...

Au fil des nuits, le tricot devenait de plus en plus difficile pour elle. Les mailles se défaisaient, filaient, s'échappaient. Elle n'avait plus la force de les reprendre. Et son ouvrage prenait petit à petit la couleur du désespoir.

C'était l'une de mes voisines et, par une nuit, une nuit solitaire et blanche, elle disparut à jamais. Laissant son tricot inachevé...

Les visages du remords

Ce jour de fin juillet 1942...

Ce jour qui restera à jamais gravé dans ma mémoire et dans mon cœur...

Ce jour qui hante mes nuits et me laisse en proie à un insupportable remords...

Il fait une chaleur étouffante et, sous un soleil de plomb, d'un jaune strident, je lie des gerbes de blé dans un champ proche d'une petite ligne de chemin de fer. J'entends au loin le sifflement des trains en partance pour l'Allemagne.

Ce jour-là, ce jour de fin juillet 1942, dans un horrible crissement de freins, une petite locomotive à vapeur tirant des wagons à bétail stoppe brutalement sous mes yeux étonnés. Deux soldats allemands sautent de la machine, leur fusil à la main, pour vérifier les verrous des wagons blindés. Intriguée, je m'approche, curieuse de savoir quelles bêtes sont transportées dans ce train. Au travers d'une ouverture, je découvre avec surprise des visages. Des visages que, de ma vie, je ne pourrai oublier...

Visages inhumains, visages crispés, aux yeux exorbités, aux lèvres tordues... Visages de colère, visages de révolte, visages de haine... Ils poussent des cris terrifiants, ils braillent, ils me tirent la langue. À ce qui me paraît une marque d'agressivité de leur part, je réponds en leur adressant force grimaces et pieds de nez... Inconsciente que j'étais !

Ce jour-là, ce jour de fin juillet 1942, le train repartit, emmenant son immonde cargaison sous un soleil de plomb, d'un jaune strident à faire hurler. À cette époque, nous ignorions l'existence des camps de concentration. Je ne pouvais me douter que les animaux au rictus simiesque que j'avais entrevus étaient en fait des déportés, embarqués sous le ciel haineux du nazisme, suffoquant, torturés par la chaleur et la soif...

Souvent, dans le silence de ma chambre, les yeux clos, je les revois encore, ces visages. Visages de la douleur, visages de l'incompréhension, visages si cruellement blessés, que mon cœur et mon âme subliment pour l'éternité. Et, bourrelée de remords, je leur demande infiniment pardon de les avoir, moi aussi, humiliés ce jour-là. Ce jour de fin juillet 1942...

Choses et autres

La rosée

Les perles rondes de la rosée, ces baisers,
Dès l'aurore, posées sur fleurs et plantes
parfumées,
Reflètent, splendides gemmes irisées,
Les larmes versées, la nuit, par les bonnes fées.

Ravie et fière de vous savoir mes amies,
Je vous offre ce petit bouquet de poésie
Qui vous adresse un immense merci
Fait de belles fleurs aux pétales épanouis.

Le dit des casseroles

Dans la sérénité d'un matin au souffle encore embrasé du couchant, je prenais mon petit déjeuner en toute quiétude, confortablement installée dans ma vaste cuisine antique.

Mon regard s'arrêta alors sur la majestueuse batterie de casseroles en cuivre roux qu'illuminaient les rayons du soleil levant. Sur la hotte, ravivées par cette lumière déjà chaude, elles semblaient prises d'une frénésie de s'exprimer. Un murmure grandissant emplit alors la pièce... Non ! Non ! Je n'étais pas en proie à une illusion. Ces casseroles avaient envie de parler. Bientôt, ce murmure se fit intelligible et j'écoutais religieusement.

La plus petite ouvrit cette étrange conférence :

– Rosalie, sais-tu d'où je viens ? Connais-tu Villedieu-les-Poêles, en Normandie, où je suis née par le martèlement adroit de l'artisan forgeron ? J'ai atterri ici, à l'autre bout du pays, pour réchauffer de bonne heure l'eau du café odorant de ton petit déjeuner. L'entends-tu encore frémir et bouillonner dans ma robe bronzée sur la vieille cuisinière à bois ? Sens-tu aussi ce manche en laiton patiné, lourd et chaud dans ta main affamée ? Sur ta table, je vois aujourd'hui une banale bouilloire électrique en matière synthétique...

Lorsqu'elle sera hors d'usage, l'accrocheras-tu aussi au mur pour la décoration ?

Où sont passés le charme, la douceur et la poésie de nos bonnes cuisines françaises ?

La seconde de renchérir :

– Rosalie, la peau du lait de ferme dont les graphismes irisés agitaient la surface, puis qui finissait par déborder en répandant dans la pièce une odeur forte, les pommes de terre aux lardons et aux petits oignons qui crépitaient avec des fumerolles appétissantes, tu t'en rappelles encore ? La cuillère en bois qui chatouillait mon fond étamé et battait la sauce onctueuse de tes plats en laissant une croûte parfumée sur mes parois, tu t'en rappelles, n'est-ce pas ?

Aujourd'hui, on « colle au lave-vaisselle » mes sœurs en aluminium recouvertes de plastique, d'où elles sortent ternes, rachitiques et rayées... Où sont passés le respect et le culte des objets de valeur, dont l'entretien quotidien faisait la fierté et la beauté de nos bonnes cuisines françaises ?

La troisième, quant à elle, m'apostropha vertement :

– Rosalie ! Et la blanquette, hein ! La sauce doucement tournée et épaissie, les herbes et aromates papotant au beurre roux, le mijotement tranquille de la viande de veau délicatement braisée, l'arôme aguichant des volutes argentées filtrant le couvercle noir ; ça ne se fait plus, ça ne se voit plus. On nous empile comme des poupées russes au fond d'un placard et l'on attend la sonnette de fin de cuisson du micro-ondes, dans lequel la barquette de supermarché cuit « à l'étouffée ». Qu'est-ce qu'on a fait pour mériter ce triste sort ?

Où est passé l'art culinaire de nos belles contrées et le sens affiné du goût de notre bon peuple de France ?

La dernière, la plus volumineuse, prit la parole d'un ton sage et résigné :

– Chère Rosalie, oui, je regrette aussi le temps où je me produisais sur le dessus du fourneau, entourée de mes sœurs, la queue bien tournée vers la main de la cuisinière et prête à m'installer au milieu d'une table chaleureusement garnie et richement occupée. Mon contenu répandait le bonheur et l'appétit chez les convives qui ripaillaient et se régalaient. De l'entrée au dessert, tout passait par nous et nous servions souvent les restes aux animaux de la compagnie. Notre tintement lors de la vaisselle rythmait la sieste de nos convives. De nos jours, les repas se prennent « sur le pouce », comme le TGV, avec l'engloutissement d'un hamburger-frites sur le plateau morne d'un « Schnell Imbiss » ou le fast-food du lieu de travail. Où sont passées la gastronomie, la diététique et la convivialité des repas de nos belles contrées françaises ?

Puis les quatre de soupirer :

– La vie a bien changé ; où se trouve aujourd'hui le bonheur et qui est dans le vrai ?

Puis ce fut le silence... Avais-je rêvé ? Qui sait ?

Le chant du pain

En cette aube d'automne où, paresseusement, le ciel donne le jour au monde, j'éprouve, irrésistible, l'envie de partager l'éveil des choses et des êtres au sortir de la nuit et de ses songes. J'erre, sans but, à travers la ville aux murs antiques, jetant un regard empli de curiosité à tout ce qui s'offre à ma vue. C'est alors que mes yeux s'arrêtent sur des poubelles qui attendent sagement sur le trottoir le passage des éboueurs. Des poubelles débordant de pains rassis tristement offerts en spectacle, tragiques acteurs de l'inutilité de leur sort.

Je suis prise de frissons à l'idée que ce pain, qui aurait pu se transformer en un tendre festin, finisse ainsi sa vie sur un tas d'ordures. Un morceau de pain n'est-il pas un aliment goûteux pour l'enfant affamé, le malade affaibli, le voyageur épuisé ?

Je m'approche d'une poubelle et prête une oreille attentive au chant de ce malheureux pain, qui me confie ses craintes et ses désirs :

– Regardez ce qu'ont fait de moi des mains gaspilleuses, alors que je brûlais d'envie de répandre le bonheur autour de moi, de combler les papilles des plus fins gourmets avec des recettes immanquables, même pour des néophytes. Ah ! si les jeunes savaient tout ce qu'on peut faire avec un morceau de pain rassis... Je serais savoureux clafoutis ou pain perdu à l'arôme délicat, joie des enfants, réconfort des vieillards. Je deviendrais panure, robe nuptiale qui conserve la saveur d'une côtelette ou d'un poisson. Réduit en chapelure, je me marierais avec le gruyère râpé pour donner cette merveilleuse croûte dorée qui recouvre les gratins. Je me transformerais en d'irrésistibles petits croûtons frits qui jouent leur mélodie sur le tapis vert d'une soupe de pois ou l'enchevêtrement inextricable d'un plat de ficelles, ces nouilles de grands-mères... Ah ! si les jeunes savaient...

Émue par tant de disgrâce, je m'empare de ce trésor qui n'a pas sa place sur cette masse d'immondices et vais l'offrir aux canards qui frétillent dans l'eau d'une mare, non loin de là. Par ce geste je rends à ce qui, depuis la nuit des temps, est la substance-mère de l'humanité, toute sa dignité et sa nécessaire raison d'être.

L'amour et la cuisine

De passage devant l'étal d'un traiteur. Une interminable file d'attente. Des vieux, des jeunes, des hommes, des femmes de toutes conditions et cette impression que l'on me donne de ne plus savoir, ni aimer cuisiner. De nos jours, un tablier de cuisine n'est plus un cadeau déposé dans la corbeille de noces.

Dommage que les temps aient changé ! Les jeunes ignorent le bonheur que procurent, parfumés d'arômes et de senteurs, les moments passés autour d'un fourneau. Pourtant, c'est souvent autour d'une table bien mise et garnie de petits plats faits maison que se véhicule la tendresse qui scelle le bonheur familial.

C'est une passion qui remonte à l'enfance et qui me colle à la peau, comme le soleil rouge aux feux de l'aurore. Sous la houlette de ma grand-mère, j'ai appris à confectionner de merveilleux petits plats mijotés. J'aime à faire de la bonne cuisine avec les moyens du bord et en respectant les trois qualités fondamentales : propreté, qualité et fraîcheur. Le temps passé à la cuisine n'est pas du temps perdu. Même avec un budget limité, on parvient à réaliser des prouesses culinaires. Il suffit d'un peu d'imagination.

Comme il est simple de confectionner un délicieux velouté avec un reste de légumes moulinés ! Plus difficile de ressusciter le goût incomparable de « l'extraordinaire potage de la chère *mama* » que les maris se désolent de ne plus retrouver dans la soupière de leurs épouses. Mais, avec un peu d'astuce et beaucoup d'amour... Eh oui, l'amour est une affaire de cuisine, l'amour de l'homme passant aussi, voire parfois d'abord par son estomac !

Et voilà, mes chers amis ! Désolée, tout à fait désolée que mon âge avancé ne me permette plus de vous inviter. Sinon, quel plaisir j'aurais eu à vous régaler !

Les pommes

Ce matin, je prends place à ma fenêtre et mon regard s'attarde sur le petit verger. En ce mois d'octobre, le soleil s'apprête à offrir sa dernière chaleur d'automne. Le merveilleux parfum des pommes arrivées à maturité effleure mes narines et m'invite à célébrer avec ferveur ce fruit défendu, le fruit du péché, mon fruit préféré.

Ô pommes, petites femmes à la peau lisse ou ridée, fardées de rouge, jaune ou vert selon les caprices de la saison, au corps ferme ou flasque, à la chair attirante. Invitation à la volupté !

Petites pommes aguicheuses, douces ou acidulées, croquantes ou juteuses, mûres ou déjà flétries par le temps. Invitation à la gourmandise !

Pommes crues que l'on croque à pleines dents pour apaiser sa faim. Pommes fondantes qu'on laisse s'effilocher sur la langue : goût suave et merveilleux qui vous remplit d'allégresse. Pommes pressées, douceur liquide qui embaume le palais de son arôme délicat.

Ô vous, les pommes, tous les bonheurs de mon enfance ! Pommes cuites à la fine robe craquelée, au tissu tendre et moelleux, de vin parfumé. Pommes revêtues de costumes de beignets, à l'étoffe fine et gaufrée. Pommes, précieuses dentelles d'or et de caramel, incrustées sur le taffetas clair des tartes de mes grands-mères. Onctueuses compotes, affriolantes confitures, cidre enivrant !

Ô pommes, petites femmes à l'irrésistible séduction, reines de nos vergers et de nos prés, vous êtes le plaisir de mes yeux, les délices de mon palais !

Un hareng nommé Désir

Pendant le Carême, dans les années 1930, pour la première fois une poissonnière parcourait notre village, agitant frénétiquement sa clochette :

– Des harengs ! Des harengs frais ! Qui veut des harengs frais ? Approchez, braves gens !

Comme une nuée de moineaux, les enfants, petits et grands, se massèrent autour de sa petite charrette en osier. Poussée par la curiosité, je me joignis à eux. Les yeux écarquillés, je découvris avec émerveillement des poissons étincelants, attirants, voluptueusement étalés sur un paillasson de lierre... Moi qui ne connaissais que les harengs salés, tristes et ternes, je n'avais plus qu'une envie : en acheter un ! Je pris mes jambes à mon cou pour chercher les deux sous nécessaires à son acquisition. Mais, en ce temps-là, la bourse des petits paysans n'était souvent gonflée que d'air pur de la campagne. C'était, ce jour-là, le cas pour celle de maman. Et, pour atténuer ma déception, elle me fit remarquer :

– Tu sais, ma fille, un désir brûlant exaucé dans l'instant diminue le plaisir. C'est l'attente qui ajoute à la valeur. Attends le Carême prochain !

Malheureusement, l'année suivante, la marchande de poissons se laissa désirer. J'avais attendu trop longtemps. J'en perdis la force de rêver...

Aujourd'hui encore, lorsqu'un filet de hareng frais grésille dans ma poêle, le violon de mon cœur pleure au souvenir de ce beau hareng tant désiré et dont le destin m'a si injustement privée. Et lorsque je passe devant un étal de poissons, l'hymne du large me chante ce chant mélodieux :

Superbes harengs à l'œil rond et aguicheur
de khôl marin cerné, vous apportez avec vous
le parfum enivrant du vaste et lointain océan !
Superbes harengs à l'élégant costume bleuâtre
de rouge écarlate cravaté, vous surpassez
en beauté tous les habitants des eaux !
Superbes harengs au corps svelte et élancé
de nageur, seigneurs des mers,
comme je vous contemple, vous respire,
vous caresse de mes yeux !

La photo jaunie

Feuilles flétries qui tombaient sur le jardin de mon cœur, brouillard et grisaille de novembre qui avaient envahi mon âme : cette journée d'automne n'en finissait pas... Rien, non rien, ne parvenait à chasser la nostalgie qui s'était emparée de moi : ni musique, ni télé, ni radio. C'est alors que, poussée par le besoin irrésistible de retrouver le passé, mon cher passé, je me souvins d'un carton de vieilles photos qui dormait au fond d'une commode et qu'instinctivement, pour redonner un peu de vie à cette journée morte, je me mis à feuilleter...

Une photo jaunie où s'était installé un groupe de paysans endimanchés aux visages burinés en train de papoter au beau milieu de la route vint frapper au carreau de mon regard. Au premier plan, je reconnus avec tendresse Victor, le petit bossu souriant, que les garnements du village harcelaient de leurs moqueries : « Vico, l'oreiller sur le dos, prêt à faire dodo ! »

À ses côtés, Juliette, une biquette aux solides gambettes qui s'amusait à grimper aux arbres pour chiper en douce les œufs que les fauvettes couvaient avec grand soin en les remplaçant par d'autres, sans qu'elles ne s'aperçoivent de rien. Au milieu, Justine, la sage du village, dans son costume suranné ; elle me donna le conseil qui a le plus compté dans ma vie. Je crois encore l'entendre dire de sa voix vibrante : « Rosalie, si tu hésites entre deux chemins, prends toujours le plus difficile, c'est généralement le meilleur. »

À l'arrière-plan, Isidore, atrocement mutilé. À la boutonnière de sa veste, la médaille du Champ d'honneur, accrochée, épinglée, rivée, comme la mémorable fleur de sa jeunesse bafouée et saccagée. Isidore, autrefois le plus beau coq du village, celui que toutes les poules lorgnaient, avait laissé sa crête et son plumage flamboyants sur le front de Russie.

Au fond, à gauche, le vieux Armel, aux multiples péchés véniels, appuyé sur son gros bâton rugueux, les cheveux hirsutes, collés sur sa tempe, la tête mal conformée. Ce célibataire endurci avait une telle adoration pour les chevaux qu'il dormait à l'écurie, à l'abri d'épaisses crinières, réchauffé par l'amicale présence de ses animaux favoris...

Visages familiers qui viennent habiter la maison de mon cœur, sourires attendrissants qui ensoleillent mon âme ! Cette journée d'automne s'achève à la lueur de merveilleux souvenirs.

Le petit chemin noir

J'ai l'habitude de me rendre à la ville en empruntant le petit chemin noir, comme l'appellent familièrement les gens de la région. Un raccourci à travers prés et champs, devenu au fil du temps le compagnon de mes rêveries.

Autrefois, ce sentier n'était pas qu'un banal lieu de passage. Il y régnait une ambiance chaleureuse et conviviale pour tous les gens qui y passaient régulièrement. On y jasait avec ses connaissances, on s'y partageait de petits secrets inavouables, on y échangeait les dernières nouvelles – mauvaises ou bonnes. Indifférent à l'emprise du temps, on laissait promener son regard sur un paysage tout de paix et de fraîcheur.

Quel bonheur de croiser des mamans laissant à leurs petits le temps de s'émerveiller du gazouillis des oiseaux nichés dans les haies ! D'observer des vieux, appuyés sur leurs bâtons d'aïeuls, si touchants, en train d'attacher le soleil dans leurs regards éteints. De brûler d'amour à la vue d'un troupeau d'agnelets qui broutent, tranquilles, de merveilleuses fleurettes blanches ou rose tendre en agitant leurs clochettes d'airain. D'admirer une gracieuse libellule diaphane déployant ses ailes de feu avant de s'élever, joyeuse, dans les cieux. De humer avec ravissement le parfum suave des roses écloses des jardins cultivés...

Oh ! Combien je regrette l'époque où tout le monde se saluait et prenait le temps d'un brin de causette en revenant du travail, du marché, où l'on flânait d'un pas nonchalant le jour du Seigneur. De nos jours, les promeneurs anonymes marchent, tenant leur toutou en laisse, le portable collé à l'oreille. Ils s'ignorent et oublient d'ouvrir leurs visages, la tête basse, comme coupables de s'être condamnés eux-mêmes à ne plus savoir que le ciel existe.

De grâce, arrêtons-nous un petit instant, et prenons le temps de donner un sourire à ceux qui ne peuvent plus nous le rendre. Leur cœur meurtri a verrouillé à jamais la porte de leurs lèvres.

Un petit caillou

Un beau jour d'été, un minuscule caillou, projeté par une voiture, sauta dans mon soulier. Ce petit diablotin, rond et luisant comme une châtaigne mûre, avait décidé de m'accompagner dans mon rêveur vagabondage. Mais je n'avais nullement l'intention de le laisser gêner le cours rapide de ma marche. Avec les pinces de mes doigts, je saisis cet importun et m'apprêtai à lui faire retrouver le noir asphalte de la route.

C'est à ce moment que je rencontrai son regard et que j'entendis sa voix. Oui, il m'interpella, le petit caillou en veine de confidences. Je prêtai une oreille attentive et l'entendis me dire :

– Je ne sais pas d'où je viens... Peut-être ai-je été craché du ventre de la Terre par un volcan au souffle puissant. Peut-être est-ce la mer au remous incessant qui m'a déposé sur le rivage d'une plage bercée par les vagues. Peut-être ai-je vu le jour dans le froid glacial de l'immensité arctique, sorti des entrailles majestueuses d'un glacier. À moins que ce ne soit le

Grand Destructeur – le vent des érosions – qui ait réussi à m'arracher de la falaise où j'avais pris racine. Je ne sais pas d'où je viens... Peut-être un gamin m'a-t-il ramassé sur un tas, m'évitant un destin de dur labeur. Je devais servir à refaire une route ou finir comme ballast pour porter tout le poids des rails de chemin de fer. Peut-être ce garnement, pour s'amuser, m'a-t-il posé sur sa fronde et projeté dans les airs à la rencontre d'un objet de dédain. Peut-être s'est-il servi de moi, comme le Petit Poucet, pour retrouver sa route après une téméraire escapade. Je ne sais vraiment pas d'où je viens...

Au fil de ses paroles, le petit caillou est devenu un ami. Plus mystérieux, plus merveilleux, plus précieux qu'un diamant aux mille feux. Avec amour je l'ai glissé dans le tiroir de ma mémoire. Il ne l'a plus quitté.

La mouche

Elle n'était autrefois pour moi qu'une repoussante buveuse de sang qui m'horripilait et que je tuais sans la moindre pitié, armée d'un ruban tue-mouche fixé au plafond par une punaise. Je prenais un malin plaisir à observer l'agonie de l'affreuse bestiole qui se débattait, agitant frénétiquement dans l'air ses fines pattes. Si, par hasard, elle tombait dans le bouillon, maman constatait : « Il vaut mieux voir une mouche surnager à la surface d'un bouillon de pot-au-feu que de n'avoir pas du tout de viande. »

Maintenant que les années ont passé, que mon cœur est devenu plus sensible et ma tête plus sage, je regarde cet insecte d'un tout autre œil. La mouche n'est-elle pas, en effet, un cadeau béni du Ciel, l'éboueur permanent de la Nature, la savoureuse nourriture de nos belles hirondelles ? Quand elle fait entendre sa musique dans le soir qui tombe, mon cœur s'enflamme et je me hâte de lui adresser ces douces paroles :

« Si j'étais peintre, je te dessinerais, ô toi la fée à l'habit de dentelle noire, se déposant avec grâce et légèreté sur une fleur aux couleurs vives, brillante de rosée.

Si j'étais musicienne, je composerais en ton honneur une mélodie au bourdonnement continu, obsédant, une mélodie évoquant l'air et ses nuages.

Si j'étais poète, j'écrirai pour toi une ode, un véritable chant d'amour. Gloire à ton corps menu, à tes ailes diaphanes, à tes pattes graciles. Gloire à toi, inépuisable source d'inspiration, toi qui concours à la richesse de notre langue. Ne dit-on pas communément : "Tomber comme des mouches", "Prendre la mouche" ou bien "Il ne ferait pas de mal à une mouche" ?

Oui, gloire à toi, la mouche, et puisses-tu continuer à virevolter avec discrétion autour de mon habitation les étés de mes dernières années ! »

L’étrangère

Les pavés de ma rue, comme je les connaissais, ces pavés gris et tristes ! Je les avais arpentés tant de fois dans la chaleur torride de l’été, les brumes de l’automne, la dure froidure de l’hiver. J’en savais chaque irrégularité, l’aspérité des uns, le poli des autres. Ils étaient les témoins de mes promenades rêveuses et solitaires.

En ce joli mois de mai, je flânais sans but dans ma rue. Tout à coup, mon regard fut attiré par une tige maigrichonne qui croissait entre deux pavés, au bord du trottoir. Cette âme perdue au bas de la rue, qu’enguirlandaient deux minuscules feuilles encore enroulées, essayait de résister à tous ces pas qui la martelaient inlassablement : les talons aiguilles à la pointe fine si douloureuse des belles dames, les semelles abîmées des travailleurs, les souliers des petits petons des enfants, pleins de sève et d’innocence, toutes ces chaussures qui ne se privaient pas de l’écraser, elle, l’étrangère, qui n’avait pas à être là.

De bon matin, la petite courageuse relève la tête, parle à la lumière qui se lève, aux nuages et aux oiseaux qui la survolent. Elle leur dit sa souffrance de subir le piétinement de ces humains pour qui elle n'est qu'un brin d'herbe inutile, sa peur de connaître les tortures de l'arrachement entre des doigts crispés qui lui retireront son âme, son ardent désir du sourire amoureux et complice du soleil, son impatience de vivre et de grandir.

Puis, frileuse, elle se replie à nouveau sur elle-même et, avec ses yeux couleur de résistance, elle s'apprête à vaciller toute la journée au gré des courants d'air, sans attirer l'attention des passants.

Le soir est tombé quand un vieux jardinier vient à passer. Marcel marche toujours la tête baissée, irrésistiblement attiré par cette terre qui a été son royaume et sa joie. Il remarque l'infortunée. Son œil expert lui indique cette intruse n'est autre qu'une graine de citrouille. Pris de pitié, il s'agenouille et essaye délicatement de la déraciner.

À la tombée de la nuit, à l'heure où, derrière les nuages, la lune sort de son étui, il emporte amoureusement la petite courge un peu démantibulée, le corps couvert de meurtrissures. Il l'emmène loin de la rue et de ses tourments, vers un nouveau destin dont lui seul sait le secret. Il l'emmène loin de la rue et de ses tourments, à la quête de l'espérance et du bonheur.

Le soleil et la pluie

En songe j'avais vu :
Une bonne fée assise sur un tapis volant
Voguer dans les airs de la voûte
du firmament.
Soudain, la merveilleuse enfant découvrit
sous un soleil torride
Le sol de la plaine, de notre chère Alsace,
devenue aride.
De sa baguette magique, la foudre,
par-dessus vallées et herbes potagères,
Forêts et sapins vosgiens illumine
de lumière.
Puis elle attira l'astre brûlant dans un étui,
Répandit longuement de très fines gouttes
de pluie.
Bientôt des senteurs agréables soufflaient
leur haleine
Sur le beau plateau et la belle plaine
Alsace-Lorraine.

L'herbe dans les prés redevint accueillante
Et la vaste mer des céréales souriante.

À mon réveil, dans mon âme émue, veillent
mes pensées
Pour le reste du jour, ne leur donnais congé
Nées du souffle céleste de ces beaux lieux
Mon esprit s'éleva pour monter jusqu'à Dieu
Comme le chant d'un luth, comme l'encens
d'un vase
L'espérance, l'amour, la prière et l'extase
Le plus beau cadeau de la vie
N'est-il pas la dualité
Soleil et pluie ?

Coquelicots

Voyageant à bord d'un train, je me retrouvais dans un compartiment occupé par des écoliers et leur maîtresse. Le train filait à toute allure à travers prés et champs. Soudain, le regard de tous fut attiré par une éclatante carpette rouge qui s'étendait sur un immense parquet vert.

C'étaient des coquelicots qui faisaient tapisserie au bord des talus et attendaient coquettement le regard admiratif des voyageurs. Une lueur d'extase brilla dans le regard de l'institutrice. Elle ressentit alors la nécessité de faire partager son émotion à ses élèves. La voix grave, s'appesantissant sur chaque mot, elle loua la beauté de ces rubis d'Orient qui régalaient l'œil des peintres et attiraient les insectes comme des aimants. Les enfants ne comprenaient pas que ces merveilles de la nature n'ont pas besoin d'être semées. Qu'elles viennent d'elles-mêmes avec la désinvolture des êtres qui n'obéissent qu'à leur seule fantaisie.

Tant d'effervescence fit alors resurgir les images de mon enfance. Je retrouvais instantanément la magnificence rougeoyante de ces coquelicots qui s'épanouissaient dans nos campagnes. Je revis les têtes de ces fleurs délicates qui se relevaient fièrement dans les champs avant le passage des faucheurs. Je me rappelai de ma jeunesse où, glaneuses, nous les liions en gerbe avec le blé comme on lie une amitié pour l'éternité. Bouleversée par cette subite remontée du passé, je murmurai cette ardente prière :

Coquelicots de ma jeunesse, coquelicots
de mes printemps !
Calices sacrés, vases fragiles, trop fragiles
pour qu'un roitelet puisse s'y poser,
Danseuses à la robe de feu qui ondulez
amoureusement sous la caresse du vent,
Voix silencieuses qui chantez les louanges
de la Terre et prédisez les étés à venir,
Flammes lumineuses à la couleur du sang,
invitation aux tourments et aux joies
de la Passion !
Oh ! coquelicots, pourpres triomphantes
aux précieux attraits, au charme délicieux,
demeurez à jamais le soleil de mes yeux,
le soleil de mon cœur !

Frontispices

Lorsque les premiers rayons du soleil verdissent les arbres, puis de blanc les pomponnent, un poignant sentiment de nostalgie emplit mon cœur. Je ressens alors le besoin de renouer avec un lointain passé et de retrouver la campagne – mon doux, mon tendre, mon précieux coin d'enfance.

Ce matin-là, le ciel s'est teint d'un bleu limpide, d'une pureté infinie, ce qui m'incite encore davantage à la promenade et à la méditation. Mon sac à dos sur les épaules, j'enfourche hardiment ma diablesse à deux roues et me voilà partie pour une délicieuse journée joyeusement ponctuée par le carillon solennel du dimanche.

À perte de vue, des prés verdoyants parsemés de boutons d'or qui ouvrent leurs paupières. Le long du chemin, des insectes à la carapace de vermeil courent fiévreusement sur les pierres ; entouré d'une nouvelle verdure, un ruisselet bruisse timidement avec le sourire doux et vivifiant du printemps.

Bientôt, je pénètre dans une forêt envahie par le gazouillis des oiseaux qui battent la mesure pour me souhaiter la bienvenue.

Moment unique de paix, de bonheur, de ravissement, ô la joie de retrouver toutes ces anciennes sensations enfouies en moi et gardées comme un trésor unique ! Un banc de gazon placé sous un bouquet de sapins des Vosges que le vent agite faiblement m'invite à me reposer. Une sérénité indicible m'envahit et je prends le temps de contempler le paysage merveilleux qui m'entoure. Paysanne je suis née, amoureuse de ma campagne je suis restée.

Puis je reprends ma route à la recherche d'autres souvenirs... En passant d'un village à l'autre, je fixe avec émotion les frontispices qui ornent les anciennes maisons de leurs doctrines philosophiques gravées dans de nobles caractères. Autrefois, les maçons paysans, à l'instar de leurs illustres ancêtres, les bâtisseurs de cathédrales, ne pouvaient imaginer pour fruit de leur labeur d'autre avenir que l'éternité. C'est pourquoi ils sculptaient dans les linteaux de pierre, au-dessus des portes d'entrée, leurs initiales et la date de construction de l'œuvre, suivies d'un frontispice qui en reflétait l'essence et l'esprit, comme une belle poésie.

Ces phrases, sculptées en caractères gothiques, m'avaient fascinée, émerveillée alors que je n'étais qu'une petite fille. Elles étaient pour moi comme d'extraordinaires hiéroglyphes. Elles m'intriguaient jusqu'à en rêver la nuit. Il y en avait, en effet, de si étranges, de si surprenantes, de si envoûtantes...

Comment interpréter cette phrase sibylline accueillant le visiteur à l'entrée de l'une de ces demeures ? *Dieses Haus ist mein und doch nicht mein, wer nach mir kommt bleibt auch nicht drein* (« Cette maison est à moi sans être à moi ; qui vient après moi n'y restera pas »).

Quelle signification, pour un esprit aussi jeune que le mien, pouvait avoir cette incantation à la vie et à la mort ? *Dach meiner Jugend, was erwarten meine alten Tage ?* (« Toit de ma jeunesse, qu'espèrent mes vieux jours ? »).

Toutes ces formules mystérieuses qui avaient enchanté mon enfance défilaient sous mes yeux, et je n'hésitais pas à faire un grand détour avec l'espoir de revoir une très ancienne école en ruine au frontispice à peine lisible, qui avait toujours représenté pour moi un véritable casse-tête chinois : *Das Kind braucht tiefe und kräftige Wurzeln um in die Höhe zu spriessen* (« L'enfant a besoin de racines profondes et vigoureuses pour pousser vers le haut »). Je n'avais jamais compris pourquoi je devais me nourrir de racines pour grandir.

Ainsi, tout au long de cette promenade dominicale, je retrouvais ces phrases énigmatiques qui m'avaient si profondément impressionnée autrefois. Paroles au sens enfoui dont le mystère avait attiré la jeune enfant innocente et pourtant déjà curieuse des choses de la vie que j'étais alors.

La fleuriste et l'estropié

Dans ce plaisant petit port de Bretagne où je passais mes vacances, chaque matin, je prenais place à la terrasse d'un café. J'aspirais avec délice l'odeur de poisson frais qui gagnait tout le quartier, j'observais non sans curiosité le dur et prenant labeur des gars de la mer, de ces gens qui ont toujours besoin d'aller plus loin qu'eux-mêmes.

Soudain, mon regard fut attiré par les gestes harmonieux d'une petite marchande de fleurs qui, de l'autre côté de la rue, sortait de grands seaux en plastique : de quoi transformer le revêtement gris et terne du trottoir en un somptueux jardin fleuri. C'était une très jolie femme au corps de gazelle, aux yeux de lumière.

Arriva un jeune estropié dont le visage difforme s'éclairait d'un divin et tendre sourire. Il tenait à la main une rose à la robe chatoyante emperlée d'humidité et se frayait un chemin en prenant garde à ne pas se faire renverser. Je suivais sa lente progression avec grande pitié ; il se servait d'une béquille qui lui permettait de faire avancer sa jambe paralysée. Il se dirigea droit vers la fleuriste, à laquelle il offrit la rose. J'entendis la jeune femme prononcer distinctement : « Merci, mon chéri. » Ce manège se renouvela tous les matins, jusqu'à mon départ.

Cette fleuriste qu'il comblait quotidiennement d'une délicate attention lui apportait sûrement la chaleur et le réconfort dont il avait tant besoin... Elle était la seule personne qui répondait à son sourire d'homme blessé par un « Bonjour, mon chéri ». Grâce à elle, il pouvait oublier, un instant, la double souffrance du handicap et de la solitude. C'était la source fraîche qui lui permettait d'étancher sa soif.

Une fleuriste qui se voit offrir une rose chaque matin et un estropié de la vie qu'une gracieuse beauté gratifie d'un « Merci, mon chéri » ne sont sûrement pas légion. Un beau geste, un mot chaleureux soulagent bien des détresses, n'est-ce pas ?

Au fil de ma mémoire

La chaste Suzanne

Je parcourais le dictionnaire à la recherche d'un terme qui pourrait convenir au texte que j'étais en train d'écrire quand, par le plus grand des hasards, je tombai sur le mot « chaste ». Chaste ! Aussitôt j'éclatai de rire au souvenir de l'infinie candeur de ma jeunesse.

C'était un jour de catéchèse où, toutes docilité et respect, nous écoutions la religieuse nous expliquer les saintes Écritures. D'une voix grave, empreinte d'émotion, elle évoqua un célèbre texte de la Bible : Suzanne et le jugement de Daniel. Un sourire angélique illuminant son visage, le regard brillant, elle couvrit de louanges la divine, l'incomparable, la chaste Suzanne :

– Ah ! mes filles, nous exhorta-t-elle avec enthousiasme, soyez chastes comme cette sainte et refusez cet abominable péché mortel.

Chaste ! Ce mot inconnu, prononcé par la bonne sœur d'un ton langoureux, presque amoureux, m'impressionnait, me faisait rêver. Il était empli d'une séduction mystérieuse, il m'entraînait dans un univers de beauté et de perfection. Mais quel était exactement le sens de ce mot ? La curiosité me taraudait, mais la religieuse regrettait de ne pouvoir m'éclaircir la lanterne, trouvant la mèche encore trop fragile, qui aurait pu brûler mon âme innocente.

Sur le chemin du retour, Yvonne battait son linge au lavoir. Sans hésiter, brûlant du désir qu'elle me soulève le voile de ce mystère, je la questionnai. Elle me dévisagea, l'air ahuri, et, d'un ton chargé de sous-entendus, elle me conseilla de m'adresser à ma mère. Cette attitude décupla mon envie de savoir...

Quand j'arrivai à la maison, en nage, je m'empressai de poser la question à maman. Horriblement gênée, sans même oser me regarder dans les yeux, elle me donna cette définition :

– Chaste veut dire « être bénie de Dieu ».

Je ne comprenais pas son attitude, moi j'étais ravie ! Voilà un mot qui me plaisait ! Il me faisait entrer dans le monde du bonheur et de la sécurité. Quoi de plus agréable pour la petite fille que j'étais ? Ah ! Qu'est-ce que j'aurais donné pour m'appeler Suzanne ? Car, dans mon imagination, toutes les Suzannes étaient bénies de Dieu.

Bien plus tard, le dictionnaire, qui faisait défaut en ces temps-là, m'éclaira sur le sens exact du mot « chaste ». Cette découverte me laissa à la fois dépitée et songeuse. Après tout, peut-être valait-il mieux se prénommer Rosalie que Suzanne ?

L'insulte

L'été dernier, j'ai eu le bonheur, d'accueillir, pendant les vacances, Olivia, ma petite-fille. Elle s'intéressait beaucoup à ma jeunesse et, un soir, elle me demanda à brûle-pourpoint :

– Dis, mamie, comment s'étaient passés tes quelques mois d'étude à l'École commerciale de Sarrebourg ? Venant d'un village germanophone, tu as dû avoir bien du mal. L'occupation nazie devait être un massacre pour l'orthographe et un désastre pour la grammaire.

Aussitôt surgit de ma mémoire un souvenir tragicomique de mon passage dans cette institution redevenue française. Le voici en quelques clichés.

Armistice 1945. Mon entrée – toute de naïveté et d'innocence – dans cette école. Je m'imagine un paradis du savoir où je serai accueillie à bras ouverts et où je pourrai assouvir ma soif de culture.

Cruelle désillusion... Dès le premier jour, mon professeur me demande de venir au tableau et d'y écrire, sous sa dictée, la phrase suivante : « Tenant la Coupe du monde, le champion exultait de joie. » Ce qui, vu mon peu de familiarité avec la langue française, se transforma en : « Léchant la soupe immonde, le champignon expulsait son foie. »

Murmures. Rires étouffés. Drapé dans un manteau d'arrogance, l'enseignant s'adresse aux autres élèves, la plupart francophones :

– Cette phrase de Rosalie brille comme une couenne de lard au soleil.

Puis, tirant une bouffée de sa pipe, ce Nîmois, fraîchement débarqué de sa Provence natale, bougonne entre ses dents :

– En Alsace-Lorraine, tous des c... !

Le ciel vient de me tomber sur la tête. Quelle insulte pour ma province, terre de mes racines, pays de courage, de mérite, et de tant de sacrifices pour la patrie. Ma réplique, instantanée, indignée, cinglante :

– Monsieur le professeur, avec tout le respect que je vous dois, je vous rappelle que, durant ces années de guerre, le courage des Alsaciens-Lorrains, ç'a été l'ancre et qu'il n'est point de port sans ancre.

Une sonnerie stridente vient interrompre mes paroles. C'est le moment de la récréation. Je cours vers ma chambre toute proche, et en ressors, une couenne de lard dans les mains. Puis je regagne la salle de classe et, munie de ce torchon d'un nouveau genre, je frotte le tableau avec l'énergie de la colère. Quelques minutes plus tard, je me retrouve dans la cour. Un sourire narquois flotte sur mes lèvres. L'heure de la vengeance a sonné.

Retour de tous dans la salle de classe. Oh ! Surprise... Le tableau étincelle, il brille comme un miroir ! Ébahi, le professeur ne sait plus quoi dire, les élèves rient sous cape et, moi, Rosalie, j'exulte (hé ! oui, j'ai bien retenu la leçon), oui, j'exulte à l'idée d'avoir si malicieusement pris ma revanche !

Les marchés d'autrefois

Dans les années d'après-guerre, deux fois par semaine, notre petite ville accueillait un marché très animé. Comme les supermarchés n'existaient pas encore, une foule nombreuse affluait des quatre coins de la ville en vélo ou à pied. Dans ce vaste lieu de rassemblement, riches et pauvres se côtoyaient, s'interpellaient et divulguaient leurs secrets que protégeait l'anonymat des visages et des voix.

Le marché étant proche de la maison, je profitais de cette opportunité pour vendre mes fruits et légumes et ceux d'une amie. Parmi mes fidèles clientes, certaines me marquèrent plus que d'autres. Ce fut le cas de la matinale Antonia. La tête semblable à une fleur dont le calice laissait échapper un flot de paroles, elle m'apostrophait avec un accent mi-marseillais, mi-italien :

– Buongiorno, madame, come va ? Bene ! Bene !

Un grand sourire laissait voir des dents d'une éclatante blancheur ; Antonia respirait la joie de vivre.

Quand je lui remplissais son immense cabas, elle me soufflait :

– Oh ! Bonne Mère ! Comme je vais pouvoir régaler mes loupiots de bambini avec vos beaux légumes ! Eh ! Pardi ! Ils sentent le bon soleil, on dirait qu'ils ont poussé chez nous.

Et la Méridionale me laissait toujours la petite monnaie pour me remercier de la fatigue de la terre trop basse comme elle disait, un grand sourire fendant ses lèvres rouge bâton.

Madame Henriette, une de mes clientes préférées, vous adressait la parole d'une voix si douce qu'on aurait cru entendre un ange descendu du ciel pour passer des vacances terrestres. C'était une femme à l'embonpoint harmonieux, au visage rondelet, à la mine avenante et accorte. Toujours habillée de vêtements sobres et élégants, coiffée d'une mantille en dentelle crochetée, chaussée de souliers vernis qui brillaient comme l'étoile de Bethléem, elle ne se défaisait de ses gants que pour me serrer la main. Un gros chien l'accompagnait, portant dans sa gueule l'anse d'une corbeille qu'il déposait dès leur arrivée. Il gagnait alors à toute vitesse l'étal du boucher pour y recevoir un os, juste récompense de ses bons et loyaux services. Puis l'animal revenait, les crocs bien serrés sur son cadeau, et attendait patiemment le signal de sa maîtresse pour le déposer dans le panier à provisions en remuant la queue. Ma cliente avait toujours un mot gentil et, si, une fois, un article me manquait, je savais que je pouvais toujours le remplacer par un autre. Son passage au marché s'achevait invariablement de la même manière : une légère caresse sur la tête du chien, un petit signe de la main pour vous dire : « Que Dieu vous garde, et, à bientôt, au prochain marché ! », et voilà le curieux couple reparti vers sa demeure.

Comment vous décrire l'étonnant obélisque surnommée « Berthe aux grands pieds » ? Ce long vase d'un blanc laiteux, légèrement fêlé sur les bords, donnait l'impression d'une rigueur ascétique. Par esprit de mortification pour les péchés des filles-mères, elle portait une haire sur sa peau et ne se nourrissait que de fruits et légumes crus, de préférence ceux de mon jardin. Il se trouvait d'ailleurs que notre potager avait été, dans un temps ancien, l'emplacement du cimetière des Cordeliers – c'est du moins ce qu'elle racontait.

Ainsi, les marchés d'autrefois ressemblaient à une grande école où l'on apprenait à connaître les gens, à se forger une philosophie de la vie. Quelle triste différence avec les clients pressés qui défilent dans les supermarchés en poussant dans leur caddie des légumes venus de pays lointains, de la salade sous vide, d'une production massive.

Où est le temps des légumes frais, encore perlés de rosée, au bon goût du terroir, que nos nombreux maraîchers amenaient fraîchement cueillis et dans lesquels des vers de terre, évidente garantie d'une culture sans engrais, se tortillaient ?

Doucette à la crème

J'étais assise dans mon fauteuil à écouter le tambour de la pluie sur la peau de mon toit en zinc, quand un coup de téléphone vint interrompre ma rêverie. Une voix chaleureuse et lointaine, venue du Liban, me disait :

– Madame, je viens de terminer la lecture de votre ouvrage *Rosalie, une enfance à la ferme*, et l'héroïne de votre livre me rappelle étrangement une jeune fille répondant au doux prénom de Rosalie que mes copains de régiment et moi-même, séjournant dans une ferme de Lorraine en 1939, avions surnommée « Doucette à la crème ».

« Doucette à la crème ! » Ces mots aussitôt prononcés, me revinrent en mémoire d'émouvants et merveilleux souvenirs. Instantanés d'un passé révolu à la fois cruel et attachant. Découverte à un âge tendre de la nature humaine, de ses forces, de ses faiblesses...

Automne 1939. La drôle de guerre dans une Lorraine en panne de bras. Les paysans qui les abritaient demandaient aux militaires – eux-mêmes fils de la terre – de les aider à récolter les pommes de terre dans un sol calcaire détrempé. Besogne rude et usante, qui accaparait leurs mains et leurs pensées la journée durant. Retour au soir dans un crépuscule mauve, annonciateur des sombres journées d'hiver.

Et moi, la fille de la maison, affairée à préparer un succulent dîner à ces travailleurs de la terre. Une délicieuse purée de ces tubercules fraîchement récoltés la veille, accompagnée d'une salade de doucette copieusement assaisonnée de crème aigre. Un mets royal qui apaisait la fringale de ces affamés. Ils se jetaient sur cette doucette à la crème qu'ils dévoraient jusqu'à la dernière feuille. Et, naturellement, je leur présentais un deuxième, voire un troisième saladier empli de cette délicatesse, ce qui me valait une pluie de bisous que leurs mains se chargeaient de m'envoyer.

Et mon regard, mon regard d'adolescente sur l'un de ces soldats à la fois si semblable et si différent des autres ! Il respirait la noblesse et la distinction et, dans l'innocence de mon cœur, je lui vouais un respect infini. Étonnement et admiration de la petite paysanne pour sa politesse, son éducation, ses manières de seigneur ! Il décrottait soigneusement ses godasses boueuses avant d'entrer au logis, enlevait son calot, attendait que tout le monde ait pris place avant de s'asseoir, se levait en joignant les mains pour réciter le Bénédicité. Tout le contraire des trois autres, qui s'empiffraient comme des porcs, le nez dans l'assiette, les coudes sur la table, parlant haut et fort ! Oh ! Combien la petite Rosalie inculte et un peu primitive aurait eu envie que ce gentleman plein de douceur et de prévenance lui donne des cours, ce qui lui aurait permis de réaliser son rêve le plus cher : s'élever dans la société.

Mon interlocuteur, m'appelant depuis Beyrouth, n'était autre que ce soldat qui avait écrit dans mon cahier scolaire avant de partir au front : « Petite Doucette, souviens-toi que l'instruction est une embarcation qui porte dans son ventre un soleil levant et qu'elle permet de voguer plus aisément sur le long fleuve de la vie ! » Je n'aurais jamais osé imaginer que mon livre voyagerait jusqu'au Liban et que, grâce à lui, je retrouverais celui qui m'avait fascinée par son savoir-vivre et m'avait si tendrement surnommée « Doucette à la crème » !

La servante

Saisie d'une frénésie ménagère, j'avais entrepris d'astiquer une vitrine ancienne où se côtoyaient mille et un bibelots, témoignages de l'existence heureuse ou tourmentée de mes aïeux... Ce jour-là, mon attention fut attirée par une bonbonnière en porcelaine blanche, délicatement incrustée de fleurs bleues et roses, enguirlandées d'un fil d'or. Une bonbonnière très ancienne qui avait dû appartenir à une des femmes de la famille. Avec d'infinies précautions, j'en soulevai le couvercle. À l'intérieur, une minuscule photo sur laquelle reposait un billet jauni. Ne pouvant résister à la curiosité, je dépliai le morceau de papier. J'y découvris un court poème. L'écriture tremblée trahissait une intense émotion. Bouleversée, je lus ce qui se révéla vite être un poignant aveu de honte et de désespoir.

Moi, l'infortunée, je suis la fille d'un pauvre rustre
Et vous, mon maître, l'enfant d'un riche homme illustre.

Mon berceau en osier chancelait dans la neige,
Le vôtre était protégé par de la soie beige.
Votre jeunesse se passait avec valets
sans nombre ;
La mienne de tâches d'esclave, dans l'ombre.
Hiver comme été, j'étais pauvrement vêtue,
Vous, monseigneur, vous portiez de riches tissus.
De grande liberté vous avez toujours joui,
Alors qu'à vos ordres cruels j'étais asservie.
Ce que vous vous êtes permis de m'infliger,
Mon cœur en pleurs ne pouvait vous le refuser.
Mon honneur sans pitié vous avez bafoué
Pourvu que votre vice pût être satisfait.
J'épousai un maçon avec simplicité,
Vous une beauté en grande solennité.
Lequel de nous deux aura une vie meilleure ?
Vous le seigneur et maître au cœur plein
de noirceur,
Qui sans cesse amassez, toujours insatisfait,
Ou moi, une pauvrette aux très nobles pensées ?

Mais qui donc avait pu écrire ces mots ? Je regardais la photo de plus près. On y distinguait, posant aux pieds de la tour Eiffel, une jeune fille d'une beauté animale, aux yeux de faïence, au sourire radieux, apparemment avide de goûter à tous les plaisirs de la vie. C'est alors que je reconnus une trisaïeule dont mes grands-parents évoquaient bien souvent le triste destin.

Marguerite était l'aînée d'une famille de dix-huit enfants. Fille d'un commis agricole illettré, elle avait décidé de se placer à Paris dans l'espoir d'y acquérir la culture et les bonnes manières qui lui permettraient de trouver plus aisément un époux à son retour de la capitale. Elle rêvait, oui, elle rêvait à l'idée de découvrir Paris, ville de lumière, Paris et ses merveilles, Paris et sa tour Eiffel.

Très vite, elle trouva du travail chez des aristocrates riches et cultivés. Ah ! Si seulement ses parents avaient pu imaginer la magnificence de la demeure où elle officiait, ses immenses salles illuminées par des lustres en cristal, ses luxueux fauteuils capitonnés de tapisseries des Gobelins. Marguerite, soleil resplendissant de toutes les vertus domestiques, gravit bientôt tous les échelons. L'humble domestique devint la lectrice attitrée du fils de ses patrons, atteint d'une grave maladie oculaire. Au printemps, la vicomtesse, qui souffrait de problèmes respiratoires, partit à la montagne pour trois mois.

Son mari brûlait de désir pour cette fille lumineuse, pétrie d'esprit, et lui proposa de visiter le Jardin d'acclimatation et d'y écouter le rossignol qui y habitait chanter de sa voix pure et légère. Elle accepta, ravie de se voir l'objet d'une attention aussi délicate. Cette âme pure ignorait tout des cruautés de la vie. Sur le banc de gazon où ils avaient pris place, ce merle effronté obligea l'innocente fleurette à écouter son hymne enchanteur. Et la belle Marguerite, effeuillée, n'osa pas se plaindre à celui qui l'avait si sournoisement déshonorée.

La honte ne quitta plus la jeune fille, cette blessure resta à jamais ouverte. Sa délicatesse lui interdisait de souffrir pour elle-même, elle souffrait de voir ternie à ses yeux l'image de l'homme à qui elle avait été contrainte d'offrir sa fleur immaculée.

C'est sans doute sous l'emprise du chagrin et du désarroi qu'elle écrivit l'émouvant poème qui témoignait de la douloureuse expérience qu'elle avait vécue et qui l'éloigna pour toujours des plaisirs de l'amour.

La fête de la Chandeleur

Chaque 2 février est pour moi jour de bonheur.
Chaque 2 février, chaud souvenir se réveille
en mon cœur.
Chaque 2 février, je ressens avec douceur
la fête de la Chandeleur.

Cette fête religieuse de la Présentation a été appelée par nos anciens «Chant de l'heure», sursaut de lumière au cœur de l'hiver, alors que le tambourinement de la pluie se marie tristement au souffle froid du vent sur les vitres de nos maisons. Même quand la neige tombait, mon père, impatient de sortir la charrue, entendait déjà le rire du printemps.

Oui, ce jour-là, la nostalgie me prend, car je me revois au milieu d'une joyeuse cohorte de frimousses juvéniles, allant à la messe de sept heures, le cou emmitouflé. Je me revois, tenant un grand bol blanc (non ébréché) de gros sel où trônaient trois petits oignons que l'on déposait sur l'autel de saint Roch, patron du village, en attendant la bénédiction du prêtre après la messe. Ce sel bénit était ensuite soigneusement rangé dans le buffet de la cuisine. En cas de maladie, une pincée de ce «puissant talisman» de guérison était ajoutée à la soupe à l'oignon du malade ou à la nourriture de la bête.

Oui, ce jour-là, la nostalgie me prend et je pense à la poêle généreusement huilée et aux fines crêpes dentelées, enduites d'une bonne couche de confiture de fleurs de pissenlit que l'on dégustait dans la bonne humeur, en riant de bon cœur, avec des moustaches jusqu'aux oreilles.

Oui, ce jour-là, l'enfant que j'étais vivait dans l'attente et l'espérance de la clarté des jours à retrouver, du chant des oiseaux à réentendre, du sourire du soleil à redécouvrir.

Chaque 2 février est pour moi jour de bonheur.
Chaque 2 février, doux souvenir se réveille
en mon cœur.
Chaque 2 février, je vis dans la joie la fête
de la Chandeleur.

Les trois Rosalie

Dans la sérénité de ce matin du 24 décembre, je laisse flâner mon regard au travers des vitres de ma fenêtre. Au-dehors, c'est une féerie somptueuse. « Frau Holle » a énergiquement secoué les édredons du ciel, libérant de blancs papillons vaporeux qui voltigent à l'infini. Blancs papillons qui voltigent à l'unisson dans mon cœur et me rappellent tendrement la chaleur des Noëls d'autrefois.

Dans la sérénité de ce matin du 24 décembre, j'écoute des cantiques de Noël. Je retrouve les joies et les rêves de mon enfance, les merveilleux moments de bonheur passés dans une ferme perdue de Lorraine. Je pars à la rencontre du passé...

Soudain, ma rêverie est interrompue par le carillon de la sonnette d'entrée. C'est le facteur qui me fait signe, il ne parvient pas à glisser un paquet dans la boîte aux lettres. Je m'empresse d'ouvrir le carton. Mais quel est donc le père Noël inconnu qui a eu la délicatesse de m'envoyer cette superbe voiture miniature rouge ? Quel est le père Noël inconnu qui a si gentiment pensé à la mamie qui vit si douloureusement ce jour de Noël dans sa grande maison ?

Une carte minuscule accompagne le joujou. Une carte où, d'une écriture maladroitement enfantine, une petite fille au cœur débordant d'amour a écrit ces mots touchants, mots d'amitié, mots de tendresse, mots de respect : « De la part d'une petite Rosalie, une belle Rosalie pour la très sage Rosalie. »

La reproduction de cette voiture appelée autrefois « Rosalie » trône à jamais dans la vitrine de mon cœur. Le geste de ce petit ange se privant d'un si beau jouet pour ensoleiller mes derniers jours n'est-il pas sorti tout droit d'un conte de Noël ?

La messagère d'espoir

De jour en jour, l'éblouissante clarté de la vie se ternissait à mes yeux. De sombres nuages obscurcissaient la sérénité de mes pensées, un vent de mélancolie soufflait sur mon âme en proie aux tourments du doute et de l'esseulement. Je n'avançais plus guère dans mon rude et passionnant travail d'écrivain. Abandonnée par la divine inspiration, j'étais contrainte à contempler des pages désespérément vides. Vides de sens, vides de vie, vides d'espoir... Insidieuse, sournoise, une rupture s'installait entre moi et tous ceux que j'aimais, entre moi et tout ce que j'aimais ; ivre de détresse, je n'avais plus la force de combattre l'Ennemie qui avait pris possession de mon âme.

Privée de toute énergie, je me languissais dans un fauteuil à l'abri du monde et de ses complications. Des heures grises s'égrenaient lentement avec pour seule compagnie mes angoisses. Je me réfugiais dans le sommeil, bienfaisant compagnon qui m'aidait à fuir la réalité insupportable des jours. Tout m'était dégoût, lassitude, indifférence. Dans ce tourbillon qui me conduisait au vertige du déséquilibre, je croyais en avoir fini avec la vie.

Longues journées de solitude et d'attente qui s'achevaient à la tombée de la nuit, où, pour briser la peur du noir, surgissait le besoin de la musique et celui du chant. Ce fut pour moi la découverte de ces voix sublimes qui vous emportent dans un monde d'enchantements et vous offrent l'apaisement tant recherché. Un soir, l'une de ces musiques entra en moi pour me déposer ce message de vie :

« Rosalie, retrouve ton souffle perdu. C'est le pouvoir d'espérer qui donne confiance. Regarde par la fenêtre. Cueille un nuage de patience et vogue vers le soleil de l'espérance. Souviens-toi ! Souvent, le bonheur fait route avec le malheur. Dès que tu auras retrouvé l'assurance en ton pas, tu seras en mesure de reprendre la route qui mène au bonheur. »

Grisée par cette irrésistible mélodie, je me suis laissée emporter par les forces de la vie. Les rideaux sombres se sont ouverts sur un paysage de lumière et d'harmonie. J'étais revenue à moi-même. Oubliés les moments de doutes et d'interrogations, oubliées les heures grises... Ne subsistait en moi que l'écho de la sublime musique de la vie.

Il n'a fait que passer

À l'aube claire d'un matin béni, les cloches tintent et carillonnent pour annoncer la grande nouvelle. La terre accueille la douce clarté d'une nouvelle vie. D'un ventre d'espérance, un petit d'homme vient de voir le jour. Et déjà l'éclat merveilleux de ce beau lys immaculé – mon fils, mon amour – fait pâlir d'envie les anges du Ciel.

Je ne connais pas le moindre répit. Jour et nuit, je veille avec tendresse et appréhension sur le nouveau-né. C'est qu'il est aussi fragile qu'une feuille au vent d'automne, mon fils, mon amour.

Une nuit bien plus sombre, bien plus longue que les autres, son souffle devient de plus en plus court et, désespérée, je penche mon cœur vers le petit lit garni d'oreillers et d'édredon affectueusement confectionnés pour lui, où gît mon fils, mon amour. Je chantonne une berceuse, j'effleure délicatement la peau satinée de mon enfant, j'essaye – en vain – de chasser l'ombre de la Mort qui plane sur lui, inexorable.

Enfin, le jour se lève. Lentement, sans hâte, il s'éteint, mon fils, mon amour. Une dernière caresse sur son corps inanimé, un dernier baiser sur sa joue pâle. Je ressens alors une atroce souffrance à l'idée d'avoir perdu à un âge si doux mon petit Roger, le fruit de ma chair et de mon sang.

Toute à ma douleur, j'ai oublié que, par-delà la Mort et pour le reste de mon terrestre séjour, il est à jamais vivant en moi, mon fils, mon amour.

Une merveilleuse surprise

En ces derniers jours de novembre, je m'apprêtais à rejoindre dans sa nouvelle demeure du Midi mon petit-fils Florian, qui m'attendait depuis bien longtemps. Je comptais profiter de ce déplacement pour lui faire une belle surprise. Non sans fierté, j'emmenais avec moi l'objet unique qui devait rehausser par sa beauté son habitation de Haute-Provence. Malgré la fatigue occasionnée par le voyage, je piaffais d'impatience à l'idée de présenter ce magnifique cadeau à mon petit-fils.

Je retirais fébrilement le couvercle du carton et, sous les yeux ébahis de Florian, apparut une grande tapisserie encadrée, représentant ma modeste chaumière. J'avais réalisé cette reproduction au petit point sans cartonnier, et ce travail m'avait occupé durant de très longues heures. Chaque coup d'aiguille me rapprochait en pensée de mon petit-fils dont j'imaginais la joie à la vue de ce présent.

Enchanté par cette merveilleuse surprise, Florian s'écria :

– Oh ! Mamie, quel formidable souvenir de cette maison où je passais de si bonnes vacances quand j'étais enfant !

Il se hâta d'appeler sa compagne :

– Chérie, viens admirer le beau travail de mamie ! Tu vois, ici, c'était ma chambre à coucher, c'est là qu'elle venait s'asseoir au pied de mon petit lit chaque fois que j'avais peur du vent et de la tempête. Pour me rassurer, elle me récitait des comptines tout en me caressant la tête. Regarde ! Elle a même reconstitué la balustrade du balcon...

Puis il se tourna vers moi :

– Te souviens-tu encore de cet après-midi où, piaillant de plaisir, j'avais arrosé avec mon petit robinet le pauvre papy qui faisait paisiblement sa sieste en dessous. Quel superbe cadeau ! Comme tu as été gentille de penser à me rappeler tous ces beaux souvenirs ! Cette tapisserie va trôner dans le salon. Je vais l'accrocher tout de suite.

Mais la chère compagne cachait mal son dépit, elle s'attendait à tout autre chose. Elle jeta un regard méprisant sur cette horrible vieillerie et, avec une moue dégoûtée, déclara aussi sec :

– Cela peut attendre.

Puis elle prit le carton et remonta les escaliers. Elle était loin de se douter qu'un chèque destiné à soulager des finances mal en point était épinglé à l'arrière du tableau, attendant d'être découvert au moment où on l'accrocherait.

Le beau chèque, encore rédigé en francs, pour lequel je m'étais saigné les veines, n'a pas quitté sa cachette, le tableau dort toujours, sans doute abandonné dans un coin du grenier.

J'avais pensé faire une belle surprise à mes petits-enfants. Assurément ai-je manqué de lucidité. Si le chèque s'était trouvé au-dessus du tableau, nul doute que celui-ci aurait bénéficié d'un accueil des plus enthousiastes et figurerait en bonne place sur les murs d'une demeure de Haute-Provence.

La diva en herbe

C'était le jour de l'An, et l'une de mes amies m'avait invitée à fêter l'année nouvelle dans un somptueux restaurant réputé dans toute la région pour l'excellence de sa cuisine. Le décor de la salle à manger reflétait le luxe et l'opulence : étincelants lustres en cristal, tables couvertes de nappes blanches damassées, fauteuils Louis XV garnis de tissu broché attendant le bon vouloir des convives. Les garçons, en grande tenue, l'air concentré, servaient une riche clientèle. On s'entretenait à voix à peine audible et il régnait dans ce lieu une ambiance feutrée, un peu guindée.

Soudain, toute une famille fit irruption dans la salle. Quel contraste avec les messieurs en costume cravate et les dames parées de leurs plus beaux atours ! Le papa, en tenue décontractée, portait dans ses bras un enfant de deux ans qui agitait frénétiquement un ours en peluche ; quant à la maman, un peu fagotée, elle tenait d'une main un garçonnet un peu plus âgé, et de l'autre la laisse d'un chien bâtard qui jetait un regard ahuri sur ce beau monde et reniflait avec délices l'odeur alléchante des mets. Suivait, brandissant un cerceau, une gamine d'à peu près cinq ans, un grand sourire aux lèvres, ravie de se trouver en si bonne compagnie.

Les clients levèrent la tête, surpris par cette intrusion d'étrangers dans ce sanctuaire qui leur était réservé ; les garçons toisèrent, d'un air dédaigneux, les bohémiens qui osaient fouler le sol de ce prestigieux restaurant ; quant au patron, il tenta de faire comprendre au chef de la horde qu'il ne fallait pas compter camper dans ce lieu.

Mais, imperturbable et digne, celui-ci guida femme, enfants et chien vers la table qui occupait le milieu de la salle, où ils prirent place, exposés à tous les regards braqués sur eux. Oh ! Surprise... Ses laissés-pour-compte se comportaient bien : pas un mot, pas un geste déplacé. La truffe aplatie entre ses pattes, le chien ne bougeait pas, béatement vautré sur la moquette.

A la fin du repas, la fillette se rappela qu'on était venu fêter l'anniversaire de sa maman. Toute fluette dans sa jupette, elle grimpa prestement sur la chaise, nullement impressionnée par la magnificence du lieu. Dans ses grands yeux bruns brillaient mille paillettes et, d'une voix divine, elle commença à chanter « Les roses blanches » tout en agitant ses mignonnes menottes.

Dans la salle, ce fut l'ébahissement. Chacun se laissa prendre au charme de cette gracieuse voix enfantine. La diva en herbe acheva d'enchanter son auditoire avec deux autres chansons : « Prendre un enfant par la main » et « La cage aux oiseaux ». Sa prestation improvisée fut saluée par un tonnerre d'applaudissements. Le patron prit la note à ses frais et la famille quitta les lieux, laissant dans le cœur de chacun une empreinte ineffaçable.

Il y a des rencontres qu'on efface vite de la mémoire, et celles qui laissent des souvenirs impérissables.

L'interdit

Moi, la fille de petits paysans, j'ai passé mon enfance dans un monde sans images. Un monde où les livres n'avaient pas droit de cité, réservés qu'ils étaient à ceux qui avaient du temps et de l'argent, pas à nous, les besogneux, les enfants de la terre.

Non, je n'ai pas été bercée par les fabuleux contes des Mille et Une Nuits, transportée dans l'univers fantastique des romans de Jules Verne, envoûtée par les merveilleuses poésies de Victor Hugo.

Le seul ouvrage que j'avais pu me procurer, par l'intermédiaire de la gouvernante d'un curé, était une biographie des saints. Ce vieux livre noir avait une odeur d'encensoir. Je le dévorais en cachette au grenier, l'oreille aux aguets, émerveillée par tant de courage et de piété. Je vivais dans l'angoisse d'être découverte par mes parents.

Ils finirent par me surprendre, alors que je m'adonnais clandestinement aux joies de la lecture. Persuadé que, pour une fille, le savoir se réduisait à trois mots-clés – cuisine, Église, enfants –, mon père, furieux, m'interdit de lire. Obéissante et soumise, j'obtempérai.

J'ai longtemps vécu sous le poids de cet interdit... Aujourd'hui, encore, j'ouvre timidement la porte d'un livre, tel le navigateur qui s'aventure sur un océan qui lui a été trop longtemps refusé.

L'ombre

Je me suis mise à écrire à un âge avancé, alors que rien ne m'y prédisposait. J'ai eu la chance de connaître le succès et de pouvoir, ainsi, partager mes moments de vie avec d'autres, avec beaucoup d'autres. Mais il n'est pas de gloire sans revers, et l'ombre de la jalousie et de la médisance vint obscurcir le sentiment de joie et de bonheur que m'avait procuré mon entrée dans l'écriture. Mon existence en fut troublée et mes pensées flottaient, comme noyées dans mille idées confuses. Je vivais en proie à un indicible malaise...

Ce jour d'été, j'éprouvais le besoin de retrouver le fil de mon destin, la sève nourricière qui me donne la force d'être à l'image de mes rêves. Je partis à la rencontre de la nature, celle qui avait été toujours ma fidèle amie, mon soutien le plus sûr.

Arrivée par je ne sais quel sentier au sommet d'une haute colline couverte de bruyères courtes, je découvris un désert joyeux et superbe. Un désert divin. Dans cet endroit beau comme le temps perdu se dégageait dans ma pensée une mélancolique rêverie féerique. Ce n'était autour de moi, à perte de vue, dans le bleu lointain, que magiques sapins de nos si belles Vosges. À mes pieds, le fond du paysage était caché par une brume blanche et épaisse, délicatement illuminée par le soleil. On eût dit le calice d'un lys retenant toute la rosée de la vallée. À cet instant, je ressentis très intensément la présence de Dieu et me libérais des pensées négatives qui avaient envahi mon âme. Dans ce lieu où le Verbe s'épanouissait en silence, je parvins à retrouver calme et sérénité, à redevenir moi-même.

À mon retour, je longeais nonchalamment la Sarre Blanche, admirant son eau limpide, respirais les parfums qui se répandaient sous les mousses humides des sapins, caressais les branches gonflées de sève, écoutais les oiseaux qui fredonnaient.

Ce sentier que j'avais emprunté m'avait fait découvrir que c'est le soleil qui fait l'ombre et non l'ombre qui fait le soleil. Alors, je suis rentrée, rassérénée, en louant le Tout-Puissant de m'avoir fait découvrir tant de lumière.

L'enfant, la vieillesse et la mort

De toutes les joies que peut nous offrir la vie, l'une des plus grandes n'est-elle pas celle de devenir grand-père ou grand-mère ? Laurent, mon petit-fils, avait l'habitude de se rendre fréquemment chez moi. Il adorait jouer dans ma maison, parcourir le jardin en tous sens, s'ébattre librement et joyeusement. Il aimait rester en ma compagnie, surveiller tous mes faits et gestes, à l'affût du moindre sentiment de joie ou de tristesse...

Quand mon visage s'approchait du sien, mon petit-fils m'adressait un regard rempli de tristesse inquiète. En fait, Laurent ne supportait ni mes rides, ni mes cheveux gris. Il m'aurait voulue jeune, éternellement jeune, définitivement jeune. Semblable à cette élégante grand-mère qu'il forçait à revêtir une splendide robe noire égayée de roses rouges pour l'accompagner dans ses promenades, beauté inaltérable, défi au Temps et à la Mort.

Un jour, il ne put s'empêcher de me poser, la voix pleine d'angoisse, cette question essentielle à ses yeux :

– Ma petite Mamie, pourquoi es-tu vieille ? Pourquoi tes cheveux sont-ils gris et ton visage tout ridé ? J'aimerais tellement que tu sois encore jeune comme mon papa...

– Mais, mon chéri, répondis-je, quand ton papa était un petit garçon, il était comme toi. Et puis il a changé. Lui aussi, il commence à vieillir...

– Ah ! non, mamie, tu te trompes ! Mon papa n'a jamais été un petit garçon, je le connais depuis toujours. Il a toujours été mon papa.

Ô innocence, ô candeur d'un enfant ! Infinie naïveté de celui qui n'a pas encore vécu ! Laurent ne pouvait le comprendre, impossible de vivre sans vieillir !

Le tragique de notre vie, c'est que, comme pour l'eau de nos rivières, il n'y a jamais de marche arrière. Les choses n'arrivent pas deux fois, le chemin du vieillard conduit inexorablement à l'inconnu. À l'échelle du siècle, nous sommes peu de chose, rien que des occupants provisoires.

J'aimerais savoir vieillir, savoir prendre le vent et me laisser patiner par le Temps. M'interdire ce que, la veille encore, je me croyais permis. À chaque cheveu blanc, me séparer d'un rêve et lui dire tout bas adieu...

J'aimerais savoir vieillir, ne pas devenir une de ces vieilles grognonnes, attristante pour moi-même, insupportable aux autres. Une vieillarde ne peut plus offrir grand-chose à ses frères. Mais donner au moins un peu de joie ! Heureux ceux qui ont la grâce de continuer à aimer la vie, malgré leurs peines et leurs souffrances !

J'aimerais savoir vieillir, vaquer sans bruit aux soins que réclame tout départ, savoir parer mon âme afin que mon dernier soupir soit, pour ceux qui me survivent, un ultime soupir d'amour.

Un appel venu de l'au-delà

Il me quitta brutalement à l'âge de dix-huit ans. Lui qui détestait tant mes rides et mes cheveux blancs ne connut pas l'angoisse de se sentir vieillir. Lui qui adorait les jolies choses ne connut pas la joie de voyager et de s'émerveiller à la vue des beautés de l'univers. Ce jour-là, il gelait à pierre fendre mais, poussée par un besoin irrésistible de le retrouver et de lui parler, j'allais m'incliner sur la tombe encore fraîche de mon petit-fils adoré.

Sur le chemin du retour, je croisais deux lycéens qui sortaient d'une boulangerie. Leurs silhouettes, leur démarche me rappelaient étrangement mon petit-fils. Ils devaient avoir à peu près le même âge.

Soudain, j'entendis l'un d'eux dire à son camarade :

– Malgré la petite pizza qui a englouti tout l'argent que m'a donné maman, la faim me tenaille encore ; on dirait que je n'ai rien mangé.

Cette phrase me transperça comme une épée. Il aurait aussi pu la prononcer, mon petit-fils. Il aurait aussi pu être ce jeune homme torturé par la faim et le froid. L'angoisse me prit à la gorge... Aussitôt je hélais les deux jeunes gens. Étonnés, ils s'approchèrent de cette grand-mère inconnue qui leur offrit boissons chaudes et croissants à satiété.

Dans la réalité de mon cœur, ce n'est pas eux que je gavais de nourriture, c'est ce petit-fils que la mort m'avait arraché et que je n'avais pas eu le temps de combler d'attentions. C'est à lui que j'adressais ces gâteaux et ces boissons. C'est à lui que je songeais encore et toujours... La lueur qui illumina le regard des deux jeunes gens, une fois qu'ils furent rassasiés, apaisa ma souffrance.

Bien des années plus tard, je me trouvais au buffet de la gare de Strasbourg, où j'attendais une correspondance. Exténuée par une longue journée de dédicaces, je goûtais aux plaisirs d'une tasse de chocolat chaud. La salle était bondée et, parmi les voyageurs, je remarquais un homme élégant qui avait posé ses yeux sur moi et me dévisageait. Il appela la serveuse, lui tendit une carte sur laquelle il avait écrit quelques mots, puis quitta l'endroit après m'avoir gratifiée d'un très beau sourire. Quelques minutes plus tard, la serveuse revint, déposa devant moi un plateau garni d'un énorme bol de chocolat fumant et d'une corbeille débordant de croissants frais. Le tout accompagné d'une carte où je pus lire ces quelques mots : « Pour vous, la merveilleuse mamie qui a su si bien comprendre la détresse de deux adolescents affamés.

Avec toute la reconnaissance et l'affection de celui qui se veut votre petit-fils de cœur. »

Aussitôt me revint en mémoire ce moment si particulier de ma vie où un appel venu de l'au-delà m'avait incité à secourir les deux jeunes gens. Et, au sourire bienveillant du voyageur pressé de partir, se superposa celui – lumineux et tendre – du petit-fils qui m'avait si brutalement quitté et que jamais je n'oublierai.

Mon ange gardien

Cette nuit-là j'ai fait un rêve merveilleux.
Mes yeux étaient rivés sur de splendides
cieux
Et se ravissaient de la si grande beauté
De ce bleu manteau d'étoiles illuminé.

Soudain un astre de sa lumière m'éblouit
Et ce fut pour moi une extase infinie.
Je voulus le serrer très, très fort dans
mes mains
Mais il s'éloigna me disant : « À demain ! »

Cette étoile était sûrement mon ange gardien
Mon guide inspiré, mon plus fidèle soutien,
Qui sourit à mes fabuleux jours de soleil
Et, dans la tourmente, m'éclaire
de ses conseils.

Il m'invitera, un jour, à voler avec lui
Pour gagner, tel l'oiseau, le vaste Paradis.

Bonheur d'écrivain

J'éprouve dans l'écriture une joie si intense que c'en est presque une souffrance.

Si la parole se révèle inconsistante, aérienne, éphémère, l'écriture est solidité, enracinement, éternité.

Dans la lumière crue de l'aurore, le besoin d'écrire, cette chandelle qui éclaire la nuit de mes pensées, me tenaille avec force. Et les mots jaillissent de ma plume comme l'eau de la source qui me désaltère. Mes phrases s'envolent sur d'invisibles ailes. Mes doigts parcourent le chemin d'ivoire d'une feuille vierge. Ils la satinent de mots qui réconfortent et qui touchent. Cela me libère, et je n'aurai de cesse que je réussisse à ouvrir la porte de derrière pour entrer dans la maison des autres et leur dépeindre, même d'une façon pâle, le ciel et ses douces étoiles.

Pour ne pas froisser autrui et rester l'amie de tous, je m'impose une extrême indulgence, utilisant des mots sans tache pour des cœurs qui en sont parfois recouverts.

Par mes écrits, je m'efforce de préserver, à un âge très avancé, l'agilité de mes doigts, la vivacité de mon esprit, la pureté de mon âme, comme un silence évoquant mes rencontres.

Et l'encre dont je me sers est un peu de mon sang afin de demeurer, le jour où je mourrai, plus vivante dans vos cœurs et dans vos pensées.

Derrière mon visage

Mon visage de petite fille aux yeux rieurs, aux fossettes malicieuses, était tourné vers le ciel pour en emporter tous les soleils ! Mon visage de jeune femme, aux narines frémissantes, aux lèvres gourmandes, était tourné vers le monde pour en retirer toutes les découvertes et toutes les joies ! Mon visage de grand-mère, au regard indulgent, aux rides profondes, est tourné vers autrui pour lui transmettre amour et espérance !

Mon visage est un paysage vivant où se lisent les soleils et les pluies de mon cœur. Signature d'un être humain et du fil de sa vie.

Derrière mon visage
Depuis toutes ces années
J'enfouis mes secrets,
Mes peines, mes joies.
Derrière mon visage
Je suis seule chez moi.

Derrière mon visage
Je cache les soucis

De mes jours et de mes nuits
Ne vous en déplaise, les porte en moi.
Derrière mon visage
Je suis seule chez moi.

Derrière mon visage
Je garde le désir d'encore t'aimer
De te sourire, te cajoler.
Mais ton silence fait la loi...
Derrière mon visage
Je suis seule chez moi.

Derrière mon visage
Je conserve un souffle d'espoir
Celui d'un jour pouvoir
Surmonter tous mes désarrois.
Derrière mon visage
Je suis seule chez moi.

Table

Impression et finition St-Paul Imprimeur - Dépôt légal : août 2007 - N° 06-2425